Johanna Zaïre

SANATORIUM

www.johannazaireofficiel.com

INTRODUCTION

Le soleil se levait sur la campagne de Kingsley, un petit village situé dans le nord de la France. Le brouillard s'estompait petit à petit laissant une touche d'humidité dans l'air. Les arbres étaient colorés et les oiseaux chantaient la fraîcheur matinale, en ce premier jour de novembre. Non loin de là, sur la route nationale déserte, sortant de la forêt, une jeune fille titubait, visiblement blessée et exténuée. Elle était mutilée à plusieurs endroits. En détresse, elle respirait fort, haletant, cherchant de l'aide. Elle était prête à tomber, mais elle trouvait encore la force de continuer. Elle arriva dans le centre de Kingsley et s'effondra devant le poste de police, aux pieds du lieutenant Gordon.

— Aidez-moi, je vous en supplie…. Ils sont tous morts… s'écria-t-elle.

— Qui ? Calme-toi… viens t'asseoir à l'intérieur et explique-moi.

— On était là-bas… ils ont tous été tués.

— De qui parles-tu ?

— De mes amis… ils sont tous morts là-bas…

Les larmes coulaient sur ses joues ensanglantées, elle tremblait de tout son corps. Le lieutenant lui amena une couverture, un verre d'eau et essaya de la calmer pour comprendre ce qu'il s'était passé. Tous les agents étaient à l'écoute. Il était bien rare que quelque chose de grave se passe à Kingsley.

— Calme-toi, et explique-moi en détail ce qu'il s'est passé.

La jeune fille prit une inspiration et regarda le lieutenant.

— Ça s'est passé au Sanatorium.

PARTIE I
ENDORS-TOI

1

Les rayons du soleil avaient gagné le village de Kingsley en ce 31 octobre 2012. Les arbres aux teintes de l'automne laissaient tomber leurs manteaux petit à petit. Les maisons étaient décorées aux couleurs d'Halloween. Des citrouilles, des toiles d'araignées, des sorcières sur leurs balais, ainsi que d'autres monstres ornaient les fenêtres, jardins et palissades de ce petit village paisible, où la fête d'Halloween était commémorée chaque année comme le voulait la tradition.

Les enfants vêtus de leurs effrayants costumes allaient frapper aux portes à la tombée de la nuit pour y réclamer des friandises. Les adultes prenaient part à cette célébration en offrant des bonbons aux mille couleurs à ces bambins. Et les adolescents, quant à eux, organisaient des soirées costumées, ou des soirées « films d'horreur ». Seuls cinq d'entre eux avaient décidé de célébrer Halloween d'une manière différente. Réunis autour d'un feu de camp, dans la forêt située non loin de Kingsley, les cinq amis se racontaient des histoires de fantômes. Robbie, brun aux yeux marron, tenait la lampe torche près de son menton, éclairant seulement son visage. Il finit son histoire dans un cri, faisant sursauter ses amis.

— T'es bête Robbie, tu nous as fait peur, râla Ambre en se serrant dans les bras de Kevin.

— C'est le but d'une histoire qui fait peur je te rappelle ! s'exclama-t-il en buvant une gorgée de bière.

— Maintenant c'est au tour de Kevin, déclara Sara en enroulant ses cheveux châtains autour de ses doigts.

— Ça tombe bien, j'ai une histoire vraiment flippante à vous raconter.

— Oh non ! Ne me dis pas que c'est celle à laquelle je pense, intervint Ambre.

— Laisse-le raconter son histoire, contesta Sam. Je suis curieuse de la connaître.

— D'accord, enchérit Kevin. Cette histoire se passe il y a cinquante ans à cette même date. Un groupe de jeunes avait décidé de se balader dans la forêt en pleine nuit…

La lune était haute dans le ciel nuageux. Les cinq adolescents s'étaient regroupés près du feu pour se réchauffer. Kevin racontait son histoire, et tous l'écoutaient attentivement. Les frissons gagnaient les bras de Sara, Robbie triturait machinalement le sol avec un bâton, Ambre fixait le feu d'un regard vide, et Sam considérait Kevin avec un intérêt certain.

— Et plus personne ne les a jamais revus, finit le jeune homme.

— Ton histoire est vraiment horrible, certifia Sara.

— Je l'ai trouvée plutôt cool, dit Robbie.

— Je la déteste, ajouta Ambre.

— Vous savez qu'il y a un sanatorium abandonné pas loin ? demanda Sam.

— Oui, et rien que d'y penser ça me donne la chair de poule, confessa Sara.

— On pourrait peut-être y aller… Juste pour voir.

— Sam, j'espère que tu rigoles, s'indigna Ambre.

— Non, ça doit être vraiment flippant comme endroit.

— Justement…

— Oh ! Allez Ambre, cette idée me plaît bien, continua Robbie. Kevin, tu viens aussi ?

— Pourquoi pas, ça me tente.

— Vous êtes tous cinglés, protesta Ambre.

— Tu dis ça parce que tu as les chocottes, plaisanta Sara.

— Parce que toi aussi tu veux y aller ?

— Pourquoi pas… après tout c'est Halloween alors si on ne se fait pas une petite frayeur c'est moins drôle.

— D'accord on y va, mais pas longtemps, céda la jeune fille qui n'avait pas du tout envie de jouer les aventurières.

Ils se levèrent, prirent leurs affaires, éteignirent le feu et s'enfoncèrent dans les bois en direction du sanatorium.

2

Après plusieurs minutes de marche à travers les branches entremêlées de la forêt de Kingsley, les cinq jeunes se retrouvèrent face à l'immense bâtiment abandonné. Le sanatorium avait été construit en 1931 pour soigner les personnes atteintes de la tuberculose, puis, pendant et après la seconde Guerre Mondiale, de nombreuses victimes furent admises ici par manque de place dans les hôpitaux. Un service spécial leur avait été consacré. Cependant, pour des raisons inexpliquées, celui-ci avait fermé ses portes quelques années plus tard.

Ils restèrent face au sanatorium pendant quelques minutes, avec pour seul fond sonore les murmures de la forêt. Ambre tenait Kevin par la main et se serra contre lui.

— On entre ? interrogea Robbie.

— C'est peut-être dangereux, fit remarquer Sara.

— Non, mais tu rigoles Sara ?! Dangereux ou pas on n'entre pas là-dedans, répliqua Ambre.

— N'aie pas peur Ambre, ton chéri est là pour te protéger, ironisa Sam.

— Je n'ai pas l'intention d'entrer dans cet… hôpital macabre.

— C'est un sanatorium Ambre, et non pas un hôpital, corrigea Robbie.

— Peu importe, la question n'est pas là, on n'entre pas.

Ils restèrent là quelques instants, à contempler le sombre monument. Puis Sam décida de briser le silence en montant les marches de pierre qui menaient au hall d'entrée.

— Sam… appela Ambre. Tu es folle, qu'est-ce que tu fais ?
— Je vais rentrer dans ton hôpital macabre parce que comme l'a dit Sara, c'est Halloween… Qui vient avec moi ?
— Je viens ! s'écria Robbie en montant les marches deux à deux.
— Moi aussi, fit Sara. Allez Ambre, on n'y reste pas longtemps, juste un petit tour.

Ambre dévisagea Kevin dans l'espoir qu'il la soutienne, mais celui-ci lui fit comprendre qu'il avait bien envie de les rejoindre.
— Allez Ambre ! Tu ne vas pas rester toute seule ici ? cria Sam.
— Bien sûr que non… Mais je ne rentrerai pas là-dedans je vous ai dit… Vous n'allez quand même pas me laisser toute seule ici ?
— Tu n'as qu'à venir avec nous, s'enjoua Robbie.
— Kevin… dis quelque chose s'il te plaît.
— On fait un petit tour pour voir ce qu'il y a à l'intérieur et on sort ma chérie. Ça ira vite, c'est promis. Prends ma main, ça va aller.
— Vous m'énervez, souffla-t-elle en montant les marches à son tour.

3

Sam et Robbie poussèrent les lourdes portes en bois et entrèrent dans le hall suivis des trois autres. Ils illuminèrent l'espace circulaire dans lequel ils se trouvaient. La végétation avait repris possession de certaines parcelles. Un lit de poussière et des toiles d'araignées décoraient ce lieu sombre. En face d'eux, les baies vitrées qui donnaient anciennement sur les jardins, étaient brisées, et les bouts de verre jonchaient le sol, crépitant sous les pieds des nouveaux visiteurs. De part et d'autre d'eux, se trouvaient des couloirs.

— De quel côté ? demanda Robbie.

— Comme tu veux, répondit Sam.

— Non, je t'en prie, honneur aux Dames.

— Trop aimable, s'amusa la jeune fille. De ce côté-là.

Ils pénétrèrent dans le couloir de droite, où des brancards avaient été laissés. De la paperasse était encore entassée sur le comptoir de l'accueil et sur les bureaux. Les cinq amis avançaient en silence.

— Y'a un escalier, fit remarquer Kevin en l'indiquant de sa lampe-torche.

— Génial, le dernier arrivé en haut est une mauviette ! cria Robbie.

— Ça ne va pas la tête ! gronda Ambre. T'es un vrai gamin Robbie.

— Oh, Ambre ! C'est Halloween, alors amusons-nous un peu, enchérit Sara.

— Je ne trouve pas ça drôle.

— Eh bien ! Tu pourrais au moins faire semblant de t'amuser, répondit Sam d'un ton sarcastique.

Ils se mirent alors à monter les marches dans le calme, ne se prenant pas au jeu de leur ami. Les fenêtres de l'étage avaient également volé en éclat. Sam arriva en haut avant Sara, Ambre et Kevin, elle trouva une petite poupée de chiffon toute poussiéreuse, qu'elle prit et posa sur le rebord en bois d'une fenêtre.

— Où est Robbie ? demanda Kevin.

— Aucune idée, il s'est sans doute caché pour nous faire peur, affirma Sam.

— Sam, ce n'est pas drôle du tout, fit Ambre. Où est Robbie ?

— Je ne sais pas, je viens de le dire, je suis arrivée trente secondes avant vous et il n'était pas là.

— Sam a raison, on connaît tous Robbie, c'est un vrai farceur, la défendit Kevin. Il ne doit pas être bien loin, de toute façon il n'a pu aller que dans cette direction… sauf s'il a la capacité de traverser les murs.

— Comme un fantôme tu veux dire ? questionna Sara.

— Oui c'est ça…

— Arrêtez ! Vous n'êtes vraiment pas marrants.

— Désolé Ambre, mais c'est plutôt amusant de te voir flipper.

— C'est ça, marrez-vous. On retrouve cet abruti de Robbie et on s'en va, protesta-t-elle.

— Oui maman, répondit Sam en rigolant.

4

Ils s'aventurèrent dans le long couloir qui s'étendait devant eux en scrutant les moindres recoins pour trouver Robbie. Ils entrèrent dans les différentes chambres et salles de l'étage, mais ne le trouvèrent pas. Ambre commençait vraiment à s'impatienter, pressée de sortir de cet endroit inquiétant.

— On a bien fait toutes les pièces ? demanda Kevin.

— Oui, pourquoi ? Tu veux les refaire ? continua Sara.

— Je suis en train de me dire qu'il s'est peut-être caché dans un placard.

— Kevin, soupira Sam. Je veux bien que Robbie soit un peu gamin dans sa tête, mais de là à se cacher dans un placard… D'accord, on refait toutes les pièces et on fouille les placards.

— Si on se séparait, on mettrait moins de temps, vous ne croyez pas ?

— Oui Kevin, tu as raison. Sara et moi on fait les pièces de gauche et vous les amoureux vous faites celles de droite.

— On ne devrait pas se séparer, intervint Ambre. On ne sait pas ce qu'il peut se passer.

— Ça va Ambre, on est dans le même couloir, pas dans un film d'horreur, rigola Sam.

— Oh ! Vous avez vu ça ? les coupa Kevin.

— Vu quoi ? firent les filles en chœur.

— J'ai vu une silhouette passer.

— C'est une de tes blagues ? demanda Ambre.

— Non ma chérie, je te jure que j'ai vu quelqu'un passer. Ça doit être Robbie, venez.

Ils avancèrent prudemment dans le corridor et tournèrent à gauche. Ils éclairèrent le couloir mais ne virent rien. Un bruit sourd se fit entendre dans leur dos. Ils avaient beau scruter le lieu à l'aide de leurs lampes, ils furent incapables de voir quoi que ce soit. Un rire se fit alors entendre.

— Robbie, il faut qu'on parte maintenant, dit Kevin.

— Ça ne ressemblait pas à Robbie ça, commenta Sara.

— Non, on aurait dit un rire d'enfant, ajouta Sam. Suivez-moi, ça venait de l'autre côté.

Ils se retournèrent pour arpenter le couloir dans l'autre sens. Des débris de murs recouvraient le sol. Le rire enfantin résonna de nouveau, faisant tressaillir les quatre amis.

— Et si on sortait maintenant ? demanda Ambre.

— En laissant Robbie ? s'indigna Sam. C'est hors de question ! Le bruit venait de là-bas alors on continue.

Tout en avançant, et éclairant leur chemin, ils restaient attentifs aux moindres bruits et mouvements. Soudain, Kevin s'arrêta et se pencha pour ramasser quelque chose.

— Il y a peut-être vraiment un enfant ici, déclara-t-il en montrant une poupée de chiffon poussiéreuse.

— Où t'as trouvé ça ? l'interrogea Sam.

— Juste là, par terre.

— C'est la poupée que j'ai trouvée tout à l'heure, je l'ai posée sur un rebord de fenêtre.

— Tu veux dire que quelqu'un l'aurait prise et laissée ici ? demanda Ambre.

— Certainement, je ne vois pas comment elle a pu arriver là autrement.

— C'est peut-être une autre poupée qui ressemble à celle que tu as trouvée Sam, suggéra Sara.

— Non, c'est la même, il lui manquait un bras, elle avait aussi un trou au niveau de sa jambe et sa robe était déchirée de la même façon… j'en suis sûre.

— Dans ce cas, Robbie est un sacré farceur, commenta Kevin.

— Allez Robbie, tu as gagné, on a la trouille, sors de ta cachette, ce n'est plus drôle maintenant, cria Ambre en tremblant.

— Chut ! Écoutez ça… dit Sara.

— Qu'est-ce que c'est ? murmura Ambre.

— On dirait une personne qui marche avec une béquille, chuchota Sam. Elle vient vers nous.

— Je ne veux pas rester ici, s'écria Ambre en se retournant.

Là, elle se mit à crier plus fort. Il y avait quelqu'un de dos, qui se tenait là, ne bougeant pas. Le silence qui envahit les lieux était gênant, angoissant et morne. Les quatre acolytes se regardèrent et Sam s'avança vers la silhouette immobile.

— Sam, qu'est-ce que tu fais ? susurra Sara.

— On ne va pas rester plantés là, c'est peut-être Robbie.

Elle s'avança prudemment en faisant attention de ne pas tomber avec toutes ces ruines.

— Robbie ? Robbie, est-ce que c'est toi ? demanda-t-elle calmement.

5

Sam faisait attention au moindre pas qu'elle entamait vers la silhouette. Plus elle s'avançait, plus elle pouvait voir la personne qui se tenait devant elle. Une vieille robe d'hôpital sale pour vêtements, pieds nus, des traces noires sur les jambes et les bras, les cheveux courts, bruns. Plus de doute, c'était bien Robbie. Rassurée, Sam se rapprocha plus vite.

— Robbie, tu nous as fait peur abruti, où as-tu trouvé ce costume ? Robbie…

En se mettant face à lui, elle vit avec horreur que Robbie était mutilé au visage. Le sang coulait, tâchant la robe d'hôpital que celui-ci portait. Sa jambe droite était munie d'une prothèse à l'ancienne, faite de cuir et de bois. Il regarda Sam, et lui attrapa violemment le bras. Celle-ci se mit à hurler et se défendit, prise de peur. Les quatre autres lui vinrent en aide malgré l'effroi de voir Robbie dans un tel état. Ils se battirent pour que Robbie lâche prise. Kevin finit par le frapper pour le faire céder. Une fois Sam libérée de l'emprise de son ami, ils se mirent à courir pour lui échapper et se cachèrent dans une chambre où ils s'enfermèrent. À l'intérieur de la pièce, les trois filles se recroquevillèrent dans un coin, tandis que Kevin resta au niveau de la porte pour la bloquer.

— D'accord, on se calme les filles, fit Kevin. Robbie a voulu nous faire une blague et il a sacrément bien réussi, mais il faut se rendre à l'évidence, tout ça, c'est… pour nous faire peur.

— Non Kevin, il était bien réel, cria Sam. Robbie était blessé, il saignait et crois-moi ce n'était pas une mise en scène. Il m'a fait mal. Je ne sais pas qui lui a fait ça, mais il faut appeler les secours.

— Ok, je vais les appeler… quand j'aurai du réseau. Vérifiez vos téléphones.

— Pas de réseau, fit Sam.

— Nous non plus, ajouta Sara en séchant ses larmes.

— Qui parlait de film d'horreur ? Je vous avais dit qu'il ne fallait pas entrer ici, rouspéta Ambre frémissante.

— Écoute ma chérie, on va se sortir de là c'est promis, dit Kevin en la prenant dans ses bras.

Ils bloquèrent la porte avec une commode en bois qui était renversée. Les bruits de pas clopinant vibrèrent de nouveau dans le sanatorium, se rapprochant de la cachette des fugitifs. Puis ils s'arrêtèrent juste devant la porte. Sam, Sara, Ambre et Kevin purent voir l'ombre de Robbie sous la porte, entre les pieds du meuble en bois. Soudain, la poignée se mit à trembler, et il se mit à frapper sur la porte ne pouvant l'ouvrir. Kevin mit sa main sur la bouche d'Ambre pour l'empêcher de crier, jusqu'à ce que les coups s'arrêtent et que l'ombre disparaisse.

— Il faut sortir d'ici, chuchota Kevin.

6

Kevin entrouvrit la porte et regarda si la voie était libre. Ils sortirent tous les quatre et se dépêchèrent de rejoindre les escaliers qu'ils avaient empruntés. Ils essayèrent de faire le moins de bruit possible malgré les nombreux obstacles qui se trouvaient sur leur chemin. Arrivés dans les escaliers, ils les dévalèrent sans s'arrêter ni se retourner, et se mirent à courir dans le hall jusqu'aux lourdes portes en bois qu'ils ne réussirent pas à ouvrir. Elles étaient bloquées. Kevin et Sam s'acharnèrent dessus pendant quelques minutes, mais sans succès. Il leur fallait trouver une autre sortie, et en vitesse.

— Où est Sara ? demanda Ambre.

— Elle était derrière moi dans les escaliers, répondit Sam.

— Oh ! C'est pas vrai, soupira Kevin.

— Il faut qu'on la retrouve, on ne peut pas la laisser ici, assura Sam.

— Sara, cria Kevin. Sara, réponds si tu m'entends.

— Chut Kevin ! le stoppa Sam.

— Les amis… regardez ça… dit Ambre en pointant le sol du doigt, dans la direction opposée.

— Qu'est-ce que c'est ? demanda Kevin.

— On dirait du sang, répondit-elle.

— Une traînée de sang, ajouta Sam. Il n'y en avait pas à notre arrivée… C'est peut-être Sara, il faut aller voir. Vous venez ?

Kevin et Ambre ne bougèrent pas et restèrent silencieux.

— Quoi ? Les portes sont bloquées et je ne pars pas d'ici sans Sara.

— Sam… murmura Kevin d'une voix tremblante. Derrière toi…

Elle se retourna et sursauta, se retrouvant face à une petite fille blonde, aux yeux bleus. Elle avait une robe d'hôpital similaire à celle que portait Robbie. Elle tenait la fameuse poupée de chiffon dans sa main droite. Tout en regardant Sam, la petite blondinette lui demanda :

— Où est ma maman ?

Sam ne répondit pas et resta là à fixer la fillette.

— Je veux ma maman.

— Sam, appela Kevin. Ne t'approche pas s'il te plaît, elle est peut-être dangereuse.

— Kevin, ne soit pas stupide… c'est une enfant, répondit-elle en faisant un pas vers la petite fille.

— Je veux ma maman, répéta celle-ci en baissant la tête.

— Ne t'inquiète pas petite, on va trouver ta maman, assura Sam en s'agenouillant tout près d'elle. Comment t'appelles-tu ?

La blondinette releva la tête, ses yeux bleus étaient cernés de noir, elle avait le teint blanc, cireux, et ses lèvres étaient violacées. Du sang coulait de sa petite main dans laquelle elle serrait un objet que Sam ne pouvait distinguer. Cette dernière écarquilla les yeux, épouvantée par le visage de l'enfant qui se mit à rire aux éclats. Soudain, elle leva la main et frappa Sam à l'épaule droite. Celle-ci se mit à crier de douleur et tomba à la renverse, en appuyant sur la blessure infligée par la fillette, qui laissa tomber le morceau de verre qu'elle avait dans sa main gauche et se mit à courir dans les couloirs en rigolant de plus belle. Kevin et Ambre se ruèrent sur Sam pour l'aider. Ils étaient horrifiés.

— C'était quoi ça ? s'affola Ambre.

— On s'en fiche de ce que c'était, gronda Kevin. Il faut soigner Sam, sortir d'ici et prévenir les secours.

Il aida son amie à se relever et l'emmena jusqu'aux portes d'entrée où il la fit asseoir.

— Bon Ambre, tu restes là avec Sam, moi je vais essayer de trouver de quoi la soigner, il doit bien y avoir quelque chose d'utile dans ce sanatorium.

— Non Kevin, ne me laisse pas s'il te plaît, pleura-t-elle.

— Il faut que quelqu'un reste avec Sam, ne t'inquiète pas, je vais revenir vite ma chérie, je te le promets, dit-il en l'embrassant.

— Sois prudent, je t'aime Kevin.

7

Les deux filles se blottirent toutes les deux contre les grandes portes en bois. Elles pouvaient entendre la pluie tomber et le vent siffler dehors. Kevin s'était absenté depuis quelques minutes déjà et Ambre commençait à s'inquiéter de ne pas le voir revenir. La coupure sur l'épaule de Sam, saignait toujours. Ambre l'aida à enlever son gilet pour lui faire un garrot avec, en attendant le retour de Kevin.

— Ambre, je suis désolée, murmura Sam qui souffrait.

— Ne sois pas désolée, tout va s'arranger.

— C'est de ma faute, j'aurais dû t'écouter.

— Non, ne dis pas ça, tu ne pouvais pas savoir, on va s'en sortir ne t'inquiète pas. Kevin va revenir et on va trouver le moyen de partir de cet horrible endroit.

— Cet hôpital macabre…

— Oui, c'est tout à fait ça, conclut Ambre en caressant les cheveux de son amie pour la rassurer.

— Ambre… Tu entends ça ?

— Oui… ça se rapproche… tremblota-t-elle. Kevin… Kevin est-ce que c'est toi ?

Ambre attrapa sa lampe et éclaira le hall. Quelqu'un se tenait debout face à elles, mais le faisceau de la torche n'allait pas assez loin pour savoir de qui il s'agissait.

— Kevin…

L'individu fit deux pas en avant et se mit à chantonner. De longs cheveux blonds ondulés, une robe d'hôpital teintée de noir et de rouge.

— Endors-toi, repose en paix, et fais de beaux, très beaux rêves…

— Qui que vous soyez n'approchez pas, cria Ambre.

— Endors-toi, repose en paix, et fais de beaux, très beaux rêves…

— Laissez-nous ! hurla Sam.

— Ambre, Sam, venez vite, appela Kevin. Par ici !

Les filles se levèrent et se pressèrent de rejoindre leur ami qui les emmena dans une pièce remplie d'écrans où ils s'enfermèrent. La plupart des fenêtres de l'établissement étaient munies de barreaux, c'était le cas de celles-ci. Kevin bloqua la porte avec un meuble en ferraille, et Ambre aida Sam à s'asseoir sur une chaise, son bras lui faisait terriblement mal et la douleur l'épuisait. Ambre se jeta ensuite dans les bras de Kevin, le serrant aussi fort qu'elle le put, tremblante et apeurée.

— Ça va ma chérie ? Tu n'as rien ? lui demanda-t-il tendrement.

— Oui, ça va et toi ? Tu es blessé… Qu'est ce qu'il s'est passé ?

— Ça va, je vais bien.

— Mais tu saignes Kevin.

— Non, ça va je vais bien.

— Mais tu es couvert de sang, s'alarma Ambre.

— Ce n'est pas le mien.

— Kevin, qu'est-ce que tu as dit ?

— J'ai dit que ce n'est pas le mien. Le sang, ce n'est pas le mien, déclara-t-il en leur tournant le dos.

— Oui, on a compris, s'énerva Sam. Mais si ce n'est pas le tien alors c'est le sang de qui ?

— Bin, c'est Robbie, leur confia-t-il comme si c'était évident.

— Robbie ? Où est Robbie ?

— Ne vous en faites pas les filles, Robbie va bien, il est avec Judith.

— Mais de quoi tu parles ? demanda Sam.

— Et c'est qui Judith ? ajouta Ambre.
— Endors-toi… Repose en paix… Et fais de beaux…
— Kevin arrête ! frémit Ambre en l'attrapant par le bras pour qu'il se retourne.
— Très beaux rêves…

La lumière venant de leurs torches s'affaiblit jusqu'à s'éteindre complètement. Ambre tapa nerveusement sur la lampe qui finit par se rallumer. Tout à coup, les deux filles se mirent à hurler de frayeur en voyant le visage cadavérique de Kevin. Il avait l'œil gauche crevé, une prothèse de cuir et de bois remplaçait son bras droit et il portait, lui aussi, une robe d'hôpital. Son bras gauche était en sang et sa jambe gauche était également munie d'une prothèse. Il fonça tout à coup sur les filles, agrippant les cheveux d'Ambre. Sam prit son courage à deux mains et se jeta sur le meuble qui barricadait la porte. Elle réussit tant bien que mal à le pousser pour libérer l'accès. Puis elle attrapa une chaise et frappa violemment Kevin. La chaise se cassa, mais Kevin ne s'arrêta pas pour autant. Il avait mis ses mains autour du cou de sa petite amie, et il le serrait… fort. Sam était tellement effrayée qu'elle frappa Kevin une nouvelle fois avec un des pieds de la chaise, en plein dans l'œil gauche. Il tomba à la renverse et ne se releva pas. Ambre se redressa épouvantée, et sortit de la pièce à toutes jambes avec Sam.

8

Elles retournèrent dans le hall et sortirent dans les jardins sous une pluie battante. Elles trouvèrent refuge dans une serre, qui semblait intacte.

— Il faut qu'on se défende, cria Sam.

— Qu'est-ce qu'il lui est arrivé ? pleura Ambre. Pourquoi lui ?

— C'est un vrai cauchemar ! Ambre… Il faut qu'on se sauve.

— D'abord Robbie, puis Sara et maintenant Kevin…

— Ambre, je t'en prie, reprends-toi et aide-moi.

— Mais Kevin… Tu l'as vu… il a changé comme ça… Il était… Tu l'as vu Sam ? dit-elle en s'écroulant par terre, hallucinée par les événements.

— Oui Ambre… Je sais, mais s'il te plaît, reste avec moi, il faut être fortes, il faut qu'on se sauve, toi et moi… Bon, ne bouge pas d'ici, je vais trouver de quoi nous défendre.

Sam se leva et se fraya un chemin à travers les plantes, et les pots de fleurs brisés. Soudain, elle aperçut une petite lueur à travers le feuillage. Elle écarta les branches qui lui obstruaient la vue. Là, devant elle, à la lueur d'une lampe à pétrole, assis dans une chaise roulante, derrière un bureau en bois, un homme en blouse blanche observait des petites fleurs fanées à l'aide d'une loupe au verre fissuré. L'homme était de dos, il avait le crâne dégarni, ses veines ressortaient, visiblement noircies. Sam, fit tomber un pot de terre en voulant faire demi-tour, ce qui alerta le vieil homme. Celui-ci fit pivoter sa chaise.

Le teint blafard, il avait les yeux blancs, une main en bois, ses jambes étaient manquantes, et du sang coulait abondamment de sa gorge tranchée. Sam, ne put retenir un cri d'effroi et s'enfonça de nouveau dans la jungle de la serre pour aller retrouver Ambre qui était toujours agenouillée sur le sol poussiéreux de la serre. Elle ne pleurait plus, mais elle respirait fort. Angoissée, Sam se mit à fouiller dans les placards et sur les étagères.

— Ambre, il faut sortir d'ici… vite, aide-moi à trouver de quoi nous défendre ! Ambre… Mais qu'est-ce que tu fais ?

— Je dessine dans la terre… affirma-t-elle en grattant le plancher avec ses ongles salis et ensanglantés.

— Ambre… tu as perdu la tête… il faut partir et vite.

— Je dessine dans la terre…

— Arrête ça tout de suite et sortons ! gronda Sam en essayant d'attraper un pied de biche rouillé sur une étagère.

— Judith l'a dit… C'est la seule solution ! chuchota Ambre.

— Qu'est-ce que tu viens de dire ? dit Sam en se retournant, la boule au ventre. Ambre… Regarde-moi et répète-moi ce que tu viens de dire.

Ambre releva la tête, les yeux assombris et violacés. Elle se mit à arracher violemment ses cheveux bruns par touffes, puis elle regarda Sam et lui murmura :

— Judith l'a dit… mais chut… c'est un secret.

— Ambre… Qui est Judith ? sanglota Sam.

— Endors-toi, repose en paix…

— Non Ambre ! Tais-toi ! cria Sam.

Ambre se mit à rire et à cracher du sang, cognant le sol de ses mains sanguinolentes. Elle continua de s'arracher les cheveux et soudain, elle s'élança sur Sam qui se débattit comme elle put. Ambre était hystérique, elle hurlait la bouche en sang, crachant et hurlant comme un chat en furie. Elle attrapa la jambe gauche de Sam et y planta ses dents.

Dans un cri de douleur, Sam lui donna un coup de pied pour la faire céder, puis se releva avec difficulté. Ambre revint à la charge comme possédée par un démon. Sam eut tout juste le temps d'attraper le pied de biche pour se défendre. Elle frappa Ambre d'un grand coup sur la tête, assommant celle-ci, puis, sous la pression elle ne put s'arrêter et s'acharna sur son amie.

Épuisée et horrifiée, Sam lâcha le pied de biche et regarda ses mains rougies, et le corps sans vie de son amie gisant dans la poussière. Elle sortit en hâte de la serre, et courut vers les grilles au fond des jardins, espérant y trouver une issue.

9

Lorsqu'elle fut arrivée aux hautes grilles de fer forgé, Sam découvrit qu'elles étaient fermées et cadenassées. Elle s'effondra face à celles-ci, dans la boue, sous la pluie qui fouettait son visage. Ses nerfs étaient à vifs, elle tremblait de peur, de tristesse et de culpabilité, ne ressentant même plus la douleur de son bras blessé. Elle s'en voulait d'avoir insisté auprès de ses amis pour explorer ce sanatorium qui attisait tant sa curiosité. Elle n'avait qu'une envie, que tout s'arrête, se réveiller de ce cauchemar, et les retrouver en vie.

Subitement, les réverbères placés dans les jardins s'allumèrent. Tout en essayant de reprendre son calme, Sam se retourna lentement. Face à elle, une dizaine de personnes se tenaient là, ne bougeant pas, ressemblant à des patients munis de béquilles, fauteuils roulants, robes d'hôpital sales et déchirées, tous blessés, amputés, malades, cadavériques, revenants d'outre-tombe. La jeune fille se releva contre la grille sans mouvement brusque et se mit à hurler :

— Partez… Laissez-moi !

— Endors-toi… Repose en paix…murmurèrent-ils en cœur.

— Taisez-vous… je vous en supplie ! gémit Sam.

— Fais de beaux, très beaux rêves…

— TAISEZ-VOUS ! Je vous en prie… Arrêtez !

Les spots se mirent à flasher feignant de s'éteindre à n'importe quel moment et des sourires machiavéliques s'affichèrent sur les visages meurtris des martyrs. Dans un élan, Sam se mit à courir le plus vite possible, elle retraversa les jardins en évitant les âmes errantes qui se retournèrent sur son passage, sans changer de place. Elle entra de nouveau dans le sanatorium, et vit la petite fille blonde dans le couloir qu'ils avaient emprunté à leur arrivée.

— Je veux ma maman… Où est ma maman ?

Sam n'eut pas d'autre choix que de s'aventurer dans l'autre couloir. Elle ramassa une barre métallique pour se défendre, et continua de courir dans ce lieu sombre. Elle essaya d'allumer les lumières à chaque interrupteur qu'elle percevait, mais rien ne fonctionnait, l'électricité avait lâché. Tout à coup, le sol céda sous ses pieds et elle fit une chute vertigineuse. La poussière envahit ses poumons la faisant tousser. Elle était blessée à la tête, griffée et entaillée à plusieurs endroits de son corps vacillant. Elle tenta de se redresser mais ne put rien faire. La chute l'avait affaiblie, si bien qu'elle resta allongée, vulnérable. Les yeux toujours ouverts, ses iris bleus se contractèrent sous l'effet d'une lumière qui éclairait son visage. Aveuglée, Sam put seulement distinguer une silhouette s'approchant d'elle et entendre :

— Tout va bien, je vais t'aider.

Elle connaissait bien cette voix, c'était celle de Sara.

Sam ferma alors les yeux, cédant aux coups sourds qui résonnaient dans sa tête, et perdit connaissance.

10

Lorsqu'elle se réveilla, Sam était allongée sur un brancard. Elle se redressa et scruta l'environnement. Le mur derrière elle était composé de gros tiroirs. Elle comprit alors qu'elle se trouvait dans la morgue du sanatorium. Elle se leva, prit la lampe-torche qui était posée à côté d'elle, marcha lentement en s'appuyant sur les chariots, se dirigea vers la porte et s'arrêta pour examiner le corridor humide dans lequel elle se trouvait. L'odeur qui émanait du sous-sol était suffocante, mais Sam n'y prêta pas attention, la seule chose qui comptait à présent c'était sa survie.

— Sara ! appela-t-elle, pas trop fort pour ne pas risquer d'alerter l'un de ces démons. Sara, tu es là ?

Mais elle n'obtint pour réponse que le couinement des rats d'égouts qui se battaient. Brusquement, un bruit étouffé, venant de derrière elle, la fit sursauter. Sam se retourna. Les bruits se répétèrent. Il y avait quelqu'un dans l'un des tiroirs de la morgue qui donnait des coups dans les parois. Qu'allait-il encore bien pouvoir se passer ? Peut-être était-ce Sara ? Mais peut-être pas… Sam était si terrifiée, que pétrifiée, elle ne put bouger. Elle ne savait que faire. Si c'était Sara et qu'elle avait besoin d'aide ? Elle ne pouvait pas la laisser comme ça. Mais si ce n'était pas elle ?

Et c'est alors que sous ses yeux humides, l'un des tiroirs se mit à s'ouvrir petit à petit laissant apparaître des doigts sales, et rongés, puis une tête aux cheveux châtains trempés et dégoulinants de sueur. Le visage livide de Sara apparut soudain, les yeux reflétant la haine, les joues creusées, les lèvres gercées et violettes. Sortant du tiroir, telle une araignée sortant d'une crevasse, elle se mit à crier, à cracher sur le sol, puis offrit à Sam la vision de ses dents gâtées.

— Judith l'a dit... Mais chut c'est un secret... JUDITH L'A DIT !

Sam n'attendit pas une seconde de plus et sortit dans le couloir en hâte. Elle sentit un courant d'air et se dirigea vers celui-ci. Boitant, elle se dépêchait quand même, car Sara s'était lancée à sa poursuite, rampant, tronquée, s'aidant de ses bras pour avancer.

— Endors-toi, repose en paix..., chantonnait Sara.

Sam ne prêta pas attention à son amie métamorphosée, elle continua de marcher le plus vite possible. Elle arriva finalement à la fin du tunnel d'où venait une lueur. Sam s'agrippa aux barreaux sur le mur et se hissa. Il fallait qu'elle s'en sorte, elle ne pouvait pas finir comme eux, pas comme ça. Elle grimpa jusqu'en haut et se heurta à une grille. Elle prit une grande inspiration comme si ça l'aiderait à reprendre des forces, et souleva la plaque métallique. Puis elle sortit et regarda autour d'elle : la forêt, et non loin de là, à travers les arbres, des phares de voitures. Elle était sauvée, il lui fallait juste rejoindre la route nationale qui menait dans le centre de Kingsley.

Elle puisa dans ses dernières forces et se mit à clopiner, zigzaguant sur la route à présent déserte. Elle ne ressentait plus la douleur, ni rien du tout. Elle était perdue, terrifiée et se sentait vide. Elle priait pour que tout ne soit qu'un affreux cauchemar. Ça ne pouvait pas être réel. Qu'avaient-ils bien pu faire pour mériter un tel sort ? Les larmes coulaient sur ses joues ensanglantées, elle tremblait de tout son corps, mais trouvait quand même la force de continuer. Elle devait y arriver, ils pouvaient peut-être encore être sauvés.

PARTIE II
REPOSE EN PAIX

1

Sous les yeux intrigués de deux inspecteurs, et marchant de long en large dans l'infirmerie du commissariat de Kingsley, le lieutenant Gordon dévisageait la jeune fille d'un regard inquiet. Elle était assise sur une chaise, et tremblante, elle essayait de parler sans pouvoir retenir ses larmes. L'infirmière soigna ses blessures et lui amena un autre verre d'eau. Gordon se décida à prendre une chaise et à s'installer face à elle.

— Si j'ai bien compris, tous tes amis sont morts, du moins selon toi… et tu t'es échappée du sanatorium par une bouche d'égout.

— Oui, c'est bien ça…

— Et une fois que tu es sortie donc… dans la forêt, tu as fait quoi ?

— J'ai couru jusqu'ici.

— Comment t'appelles-tu ?

— Sa… Je m'appelle Sam.

— Et ton nom de famille Sam ?

— C'est Héléker… je m'appelle Sam Héléker.

— Bien Sam, si l'infirmière a fini, nous allons nous installer dans mon bureau et tu vas me faire ta déposition.

— Et pour mes amis ?

— Eh bien ! Je vais envoyer des officiers sur les lieux.

— Mais il faut faire vite !

— Oui Sam, calme-toi, d'accord. Il me faudra les noms de tes amis.

Il ouvrit la porte de l'infirmerie et invita Sam et les deux inspecteurs à sortir. Puis il se dirigea vers son bureau, suivi de la jeune fille qui sentit le regard des agents la toiser, comme si elle était une bête de foire. Elle entra dans le bureau du lieutenant Gordon qui lui fit signe de s'asseoir. Emmitouflée dans une couverture polaire, Sam prit un siège et observa les objets qui se trouvaient dans la pièce.

— Waltz, Wilson, vous partez pour le sanatorium sur le champ, commanda Gordon.

— Bien lieutenant, acquiesça l'inspecteur Jeff Waltz en faisant un signe de tête à son coéquipier l'inspecteur Gary Wilson.

Ils se préparèrent et sortirent devant le poste de police où étaient garées les voitures. Ils démarrèrent avec les sirènes d'alerte pour fond sonore. Quelques habitants étaient sortis de chez eux, curieux de savoir ce qu'il pouvait bien se passer dans leur petit village habituellement tranquille.

Arrivés devant le sanatorium, les deux officiers sortirent de la voiture et se préparèrent à entrer, ils enfilèrent une paire de gants en latex, et avancèrent lampes et armes en mains. Même si le jour était levé, le lieu restait sombre et la luminosité avait du mal à entrer. Tout était silencieux dans le bâtiment, tout était immobile. Les fragments de verre craquaient sous les pieds des deux hommes venus mener l'enquête.

— C'est vrai que ça peut être un bon plan de passer Halloween ici, s'exclama Jeff.

— Oui… niveau frisson ça doit être pas mal.

— Très bien, on se sépare. Toi, tu vas à droite et moi à gauche. Nous n'avons que très peu d'éléments concernant la mort de ces jeunes, enfin, s'ils sont morts. Donc il faut fouiller toutes les pièces, chaque indice est important. On communique par radio.

— C'est parti pour un peu d'action, je sens qu'on va s'éclater ! lança Gary Wilson.

2

Gary Wilson s'engouffra dans le couloir de droite et fouilla les pièces une par une. Puis il emprunta les escaliers et s'arrêta au premier étage. Tout était silencieux autour de lui, seul résonnait le bruit de ses pas.

— Gary… tu me reçois ? demanda Jeff.

— Oui, je te reçois.

— Tu as trouvé quelque chose ?

— Rien au rez-de-chaussée, je suis monté au premier, et je viens de trouver une petite poupée de chiffon… tu la veux pour ta fille ?

— Non merci, elle a passé l'âge de jouer à la poupée je te rappelle.

— C'est toi qui vois, dit-il en déposant la poupée par terre au milieu des décombres. Et de ton côté ?

— Des bureaux, de la paperasse, de la poussière, des araignées. Que du vieux, pas de neuf.

— Ça fait un bon moment qu'il est fermé cet endroit.

— Oui… Dis-moi Gary, tu te rappelles où elle a dit qu'ils étaient morts ?

— Euh… au premier, au rez-de-chaussée, au sous-sol et dans la serre, si elle dit vrai.

— C'est dingue ça, tout semble si vieux et abandonné depuis des siècles. Il devrait au moins y avoir des traces de pas dans la poussière. Mais là, rien du tout.

— C'est vrai… viens fouiller le premier avec moi, on ira ensuite…

— Gary ? Tu me reçois ?

— Attends, j'ai entendu du bruit, ça venait du fond du couloir…

— Tu vois quelque chose ? Gary ?

— Rien… je… dans… vérif…

— Gary ? La radio brouille, retransmets… Gary… matériel à deux balles… Gary… tu me reçois ? râla Jeff en tournant le bouton du talkie pour réceptionner un signal. Gary… Foutu truc !

— Shhhhhhhh… Shhhhh

— Gary… Bon si tu me reçois, reste où tu es je monte au premier te rejoindre.

Jeff fit demi-tour tout en suivant les traces de pas de son coéquipier. Il monta les escaliers jusqu'au premier étage, trouva la poupée de chiffon sur le rebord de la fenêtre et continua d'avancer prudemment. Il continuait de tester la radio tout en marchant. Soudain, il perçut un bruit sourd dans une des chambres. Il s'approcha lentement mais d'un pas sûr, son arme à la main. Dans cette pièce, il y avait un lit d'hôpital renversé, des photos éparpillées au sol, des débris de mur, ainsi qu'un miroir brisé. Puis sa radio se remit à brouiller.

— Gary, tu me reçois ? essaya-t-il.

— Shhhhhhh…. Shhhhhh…

— Gary… Allô… Allô…

— Repose en… Paix… Shhhh….

Tout à coup, sans qu'il n'eut le temps de se retourner pour réagir, quelqu'un se jeta sur lui l'agrippant au cou. Par réflexe, Jeff Waltz se défendit et pointa son arme en direction de son agresseur.

— Gary… Imbécile, j'aurais pu te coller une balle en pleine tête.

— Mais non… Relax… tu as eu peur pas vrai ! rigola Gary.

— J'aurais pu te blesser imbécile !

— Ça va, ça va… allez, on reprend l'enquête.

— On reste ensemble, la radio est foutue, ça capte n'importe quoi.

— Ah oui ?

— Oui, j'ai capté la voix d'une gosse qui chantait.

— En effet… n'importe quoi !

— Tu as trouvé quelque chose ici ? demanda Jeff en regardant par la fenêtre qui donnait vue sur la cour d'entrée où était garée leur voiture.

— Non, j'avais entendu du bruit, mais rien de spécial.

— Tu sais quoi ? Je pense que le mieux, c'est qu'on descende et qu'on fouille dans la serre. Ça ne rime à rien de chercher ici vu l'étendue du bâtiment, on en a pour des heures et des jours même, alors si elle a dit vrai, on devrait pouvoir trouver des indices dans la serre.

— Bien vu, une plus petite surface donc plus de facilité.

— Tout à fait !

— J'ai toujours aimé la manière que tu as de simplifier les choses.

3

Les inspecteurs Waltz et Wilson rebroussèrent chemin pour retourner dans le hall, puis ils parcoururent les jardins aux herbes folles pour se rendre dans la serre. Un vent rafraîchissait l'air en ce doux premier jour de novembre, et le soleil essayait de percer le manteau nuageux. Les deux coéquipiers arrivèrent à la serre, et entrèrent prudemment dans cette jungle de plantes qui étaient pour la plupart fanées. Des étagères en bois traînaient au sol, cassées, avec des outils rouillés éparpillés. Un marteau, des clous, un pied de biche, un sécateur, et d'autres objets utiles au bricolage et au jardinage. Jeff se fraya un chemin à travers les pots cassés et les plantes pourries et tomba nez à nez avec un squelette.

— Gary, viens voir ça ? appela-t-il.

— Ouah ! Il date lui ! s'exclama Gary en voyant la carcasse humaine.

— Ça fait combien de temps qu'il est là tu crois ?

— J'en sais rien, mais il avait l'air de travailler au moment de sa mort, et si on suppose qu'il était en train d'écrire sur ce carnet, ou que celui-ci lui appartenait, alors ça date de… octobre 1965, déclara-t-il en tournant les pages d'un vieux carnet aux feuilles jaunies. Repose en paix.

— Il vaudrait mieux faire venir une brigade non ?

— On fait le tour, on trouve ce qu'on peut, et on fait notre rapport. Le chef avisera.

— Tu as vu ça… il n'avait pas de jambe.

— Ouais… en attendant il n'y a que des vieilleries ici.

— Rappelle-moi ce qu'il s'est passé dans la serre.

— Selon elle, il y avait un vieux monsieur, en chaise roulante… et son amie étant devenue folle a essayé de la tuer….

— Et elle s'est défendue avec un pied de biche, oui, je m'en souviens.

— Le seul fauteuil roulant, c'est celui de Monsieur-le-squelette !

— Et le pied de biche ? Elle en a fait quoi ?

— Elle ne l'a pas précisé, mais pied de biche ou pas si son amie est vraiment morte ici, la tête fracassée il devrait y avoir du sang par terre… or tout ce que je vois c'est de la poussière et des débris de tout et n'importe quoi.

— Sauf si quelqu'un est passé par là avant nous.

— Et ce quelqu'un aurait un sac rempli de poussière qu'il répartirait un peu partout pour effacer ses traces de pas ? Je ne crois pas non !

— Qu'est-ce qu'on fait alors ?

— On va jeter un œil au sous-sol et on rentre à la base.

— Bonne idée.

4

Les deux compères tournèrent un petit moment dans le sanatorium avant d'en trouver l'accès au sous-sol. Ils se retrouvèrent face à un énorme trou dans le plancher du rez-de-chaussée et le contournèrent prudemment, puis ils virent une porte ouverte sur un escalier qui descendait.

— Tu as vu ça ? demanda Gary en éclairant la porte en bois qui menait au sous-sol.

— Une trace de sang…

— Oui, visiblement quelqu'un avait du sang sur ses mains et s'est appuyé contre ce mur.

— Le problème c'est que ce n'est pas récent non plus.

— Bon, descendons voir ce qu'il se passe en dessous.

Ils s'aventurèrent dans les escaliers sombres et humides, puis marchèrent dans le couloir inondé, où des rats arpentaient les tuyaux fixés aux cloisons en couinant.

— Il doit y avoir une fuite quelque part, suggéra Jeff.

— Oui, quelques centimètres de plus et j'ai les chaussettes trempées.

Ils entrèrent dans une pièce où était disposée une table d'autopsie sur laquelle étaient posés les outils utiles au médecin légiste, il y avait également deux chariots. Sur le mur du fond, certaines cellules de conservation étaient ouvertes et vides, seulement deux d'entre elles étaient fermées. Une odeur fétide embaumait l'air si bien que les deux officiers eurent pour réflexe d'enfouir leur nez dans le col de leur chemise.

— Voilà la morgue ! constata l'inspecteur Waltz.

— Comment ça se fait qu'il y ait encore des ustensiles ici ?

— Il faut croire que le lieu a été abandonné précipitamment pour que personne ne prenne soin d'enterrer Monsieur-le-squelette-de-la-serre.

— C'est vraiment morbide.

— Pourquoi auraient-ils déserté ?

— Aucune idée, répondit Jeff Waltz en ouvrant l'un des tiroirs. Beurk !

— Qu'est-ce qu'il y a ?

— Un autre cadavre… j'ai ma dose pour aujourd'hui, autant chercher une aiguille dans une botte de foin, alors rentrons.

— Avec plaisir.

Ils sortirent de la pièce et traversèrent le couloir par lequel ils étaient venus jusqu'aux escaliers qu'ils grimpèrent en silence.

Ils repassèrent devant le trou dans le plancher, puis se retrouvèrent dans le hall où ils sortirent pour rejoindre leur voiture. Après avoir enlevé ses gants et rangé son arme, l'inspecteur Jeff Waltz s'installa au volant et attendit que son collègue s'asseye.

— Qu'est-ce que tu regardes ? lui demanda-t-il.

— Non rien… on peut y aller, fit Gary en attachant sa ceinture.

— T'es sûr que ça va ? Tu as l'air… bizarre, ajouta Jeff en démarrant la voiture.

— Non ça va, c'est juste que j'ai cru voir quelqu'un au premier étage, dans la pièce où on était tout à l'heure.

— Quand ? Maintenant ?

— Oui, j'ai regardé le bâtiment et j'ai cru voir quelqu'un posté derrière une fenêtre du premier étage, mais j'ai dû rêver…

— Tu veux qu'on aille vérifier ? Je peux encore faire demi-tour.

— Non, on rentre à la base, on fait notre rapport au chef, et il avisera. Mais ne lui dis pas que j'ai cru voir quelqu'un.

— Pourquoi ?

— Parce que j'ai cru voir quelqu'un, je n'en suis pas sûr.

— Et alors, c'est important. Il ressemblait à quoi ce quelqu'un ?

— Je ne sais pas…je n'en suis pas sûr, et puis on pourrait changer de sujet maintenant, répondit-il agacé en montant le son de la radio.

5

De retour devant le commissariat, Jeff gara la voiture et sortit, suivit de Gary. Ils entrèrent et se dirigèrent vers le bureau du lieutenant Gordon, qui était plongé dans sa paperasse. L'inspecteur Waltz frappa à la porte faisant sursauter ce dernier.

— Enfin de retour messieurs, fermez la porte et asseyez-vous, je vous écoute.

Jeff et Gary prirent des sièges et s'installèrent en face de Gordon.

— Où est la fille ? demanda Gary.

— Elle était épuisée alors je lui ai permis de se reposer dans l'une de nos cellules. Parlez-moi plutôt de ce que vous avez trouvé là-bas.

Les deux coéquipiers échangèrent un regard, et Gary fit un signe de tête à Jeff pour l'inciter à prendre la parole en premier.

— Eh bien ! Pour tout vous dire lieutenant, nous n'avons rien trouvé qui puisse avoir un rapport avec ce que cette jeune fille nous a dit. En revanche, nous avons découvert deux cadavres.

— Deux cadavres ?

— Tout à fait, mais quand je dis *cadavres*, ils sont à l'état de squelette, donc ils n'ont rien à voir avec notre enquête.

— Vous n'avez rien trouvé en rapport avec les amis de cette jeune fille ?

— Non, rien du tout.

— Tout était vieux et datant de l'époque où le sanatorium devait encore être ouvert, continua Gary.

— Vous n'avez réellement rien trouvé ? s'indigna le lieutenant Gordon.

— Non, rien du tout. Pas de traces de pas dans la poussière, ni traces de sang. Tout ce qui est là-bas est vieux et recouvert de détritus. Beaucoup de débris et de paperasse. Mais les seules empreintes qu'il doit y avoir à présent sont celles de nos chaussures.

— Alors qu'a-t-il bien pu lui arriver ?

— Aucune idée lieutenant, mais ça ne s'est certainement pas passé au sanatorium.

— Cette histoire n'est pas claire. Je veux que vous retourniez là-bas et que vous récupériez tout ce que vous y trouverez. Ramenez les documents qui traînent et ne laissez rien au hasard. Il faut passer cet endroit au peigne fin. Je vais prévenir la brigade et je vous y rejoins.

Les inspecteurs Waltz et Wilson se remirent en route en direction du bâtiment abandonné. En sortant de la voiture, Gary observa les fenêtres du premier étage.

— Arrête ça, tu me files les pétoches ! s'exclama Jeff.

— Ne panique pas ! Je regardais seulement.

— Même, c'est flippant ! Qu'est-ce que tu fabriques ? demanda-t-il en voyant Gary ouvrir le coffre.

— Je prends un sac pour mettre tous les papiers dedans.

Puis il referma le coffre.

— Oh merde ! s'écria-t-il en sursautant.

— Quoi ? Qu'est-ce qu'il y a ?

— Elle était là… juste là derrière toi… à cette fenêtre.

— De qui tu parles ? T'es vraiment flippant là, Gary !

— Je te parle du quelqu'un que j'ai vu tout à l'heure en partant d'ici… C'était une petite fille et elle était là… Bordel !

— D'accord, on n'a qu'à rentrer et aller voir cette petite fille.

— Non, je ne vais nulle part tant que la brigade n'est pas là.

— Pourquoi ? Elle a peut-être besoin de notre aide.

— Non, crois-moi, vu son apparence, il n'y a plus rien à faire pour elle.

6

Les fourgons de la brigade arrivèrent devant le sanatorium, dans un crissement de pneus, où attendaient les inspecteurs Waltz et Wilson. Le lieutenant Gordon sortit de sa voiture et s'avança vers les deux agents :

— Alors messieurs, vous avez déjà ramassé tous les papiers ?

— C'est-à-dire que nous attendions la brigade lieutenant, répondit Jeff.

— Vous auriez pu commencer sans nous, râla Gordon. Bon, écoutez-moi tous, déployez-vous dans le bâtiment. Je veux une équipe au rez-de chaussée, une au premier, une au deuxième, et une au sous-sol. Vous récupérez tout ce qui pourrait être utile à notre enquête et vous vous occupez des corps. Waltz, Wilson, je vous charge des documents. Gardez vos talkies allumés qu'on puisse communiquer en cas de besoin.

— Bien chef ! approuva Gary en le regardant se diriger vers le sanatorium.

— Tu ne crois pas qu'on devrait lui dire ? chuchota Jeff.

— Lui dire quoi ?

— Pour la petite fille.

— Non, il va me prendre pour un fou. Allez, on fait vite, cet endroit me donne la chair de poule.

Gary scruta les fenêtres, tout en avançant vers le funeste monument. Il monta les marches, suivi de Jeff qui avait, lui aussi, récupéré un sac. Ils empruntèrent le couloir de droite ensemble, regroupèrent les feuilles volantes qui traînaient sur le comptoir de l'accueil et commencèrent à fouiller les pièces une par une. Ils entrèrent dans un bureau rempli d'écrans, avec un meuble en ferraille qui encombrait l'ouverture de la porte. Ils poussèrent le meuble et fouillèrent la pièce. Soudain, la radio de Gary se mit à bourdonner le faisant sursauter.

— Stupide radio ! rouspéta-t-il.

— Shhhh… Shhhh… Repose en… Shhh… en paix...

— Tu as entendu ça ? demanda Gary.

— Ta radio qui déraille ? Oui, j'ai entendu, répondit Jeff qui perquisitionnait les tiroirs et placards.

— Tu as entendu la voix ?

Jeff se redressa et regarda son coéquipier de haut en bas, d'un air étonné :

— Oui, tu as raison, je crois que tu es réellement en train de devenir fou, ironisa-t-il.

— Jeff, je suis sérieux, tu n'as pas entendu ?

— J'ai entendu ta radio brouiller si, mais pas de voix.

— Shhhh… Shhh…

— Gary, éteins-la, ça devient pénible.

— Shhh… Repose en p… Shhh… Shh

— Écoute Jeff, ça recommence ! s'exclama Gary en approchant son talkie à l'oreille de son coéquipier qui semblait sceptique.

— Shhhh… Shhh…

— Je n'entends rien de spécial.

— Shhh… Repose en paix… Shhh

— Éteins ça ! protesta Jeff.

— Tu l'as entendue cette fois, n'est-ce pas ?

— Oui, ça doit être l'un des gars de la brigade qui s'amuse.

— Impossible… c'était la voix d'une enfant.

— Peu importe, on ramasse la paperasse et on se tire Gary. Allez, amène-toi, il n'y a plus rien ici.

Gary, entêté, ne bougea pas, tournant le bouton de son talkie pour essayer de capter de nouveau. Soudain, alors que celui-ci était occupé à manipuler sa radio, il sentit un souffle effleurer sa nuque, lui hérissant les poils de ses bras.

Il voulut se retourner mais en était incapable. Il était pétrifié, paralysé. Il vit la porte se refermer petit à petit. Il perçut un léger murmure se glisser dans le creux de son oreille droite, puis il put voir dans sa vision périphérique, un visage blafard, et effrayant. Il voulut sortir, il voulut crier, mais rien à faire. Il était incapable de faire quoi que ce soit. Une main l'attrapa alors à la gorge, le privant d'air. Gary, ne pouvait se débattre et pourtant c'était ce qu'il désirait le plus à cet instant précis.

— Bon Gary, qu'est-ce que tu fabriques ? Je t'attends moi ! s'impatienta Jeff en ouvrant la porte.

— Il faut qu'on parte d'ici, haleta-t-il en s'effondrant, se tenant la gorge et reprenant son souffle.

— Ça va mon pote ? On dirait que tu viens de courir un marathon !

— Il a essayé de m'étrangler… toussa-t-il.

— Euh… qui ? Gary, il n'y a personne ici, à part toi et moi.

— Il y avait quelqu'un… qui m'a étranglé, je ne suis pas fou.

— Je n'ai pas dit le contraire, seulement il n'y a nulle part où se cacher dans cette pièce et les fenêtres sont condamnées alors… il s'est évaporé ?

— J'en sais rien… Je sais juste que je ne suis pas cinglé, qu'il y avait quelqu'un, qui m'a étranglé, s'énerva-t-il.

— D'accord, il ressemblait à quoi ce… quelqu'un ?

— Je ne l'ai pas bien vu, il m'a surpris par derrière et il était mort.

— Et il était mort… répéta lentement Jeff qui était de plus en plus agnostique.

— Tu me crois cinglé, c'est ça ?

— Non, du tout… je crois que tu es… fatigué. Je vais te raccompagner à la base et je reviendrai ici après.

— Pourquoi ? Il faut partir Jeff, ce lieu est dangereux.

— Ça va aller mon pote. En route !

7

De retour au commissariat, Gary Wilson alla s'asseoir à son bureau et alluma son ordinateur. Il patienta un instant et alla se chercher un verre d'eau, puis s'installa de nouveau sur sa chaise. Il passa la main sur son cou encore douloureux et le massa pour apaiser le mal. Il attrapa son sac, en sortit les feuilles de papier froissées trouvées au sanatorium et commença le tri. Beaucoup de formulaires d'admission et de sortie, certainement trouvés au niveau de l'accueil, certains vierges, d'autres remplis avec les noms des patients, et parmi ces feuilles froissées, un cahier abîmé et poussiéreux, qu'il mit de côté. Il classa tout d'abord les formulaires selon s'ils concernaient les entrées ou les sorties, puis il classa le tout par ordre alphabétique des noms de famille. Une fois la chose faite, il ouvrit le navigateur de recherche sur internet, et tapa sur le clavier :

SANATORIUM DE KINGSLEY

Il appuya sur la touche entrée et fit dérouler les articles qui s'offraient à ses yeux. La plupart d'entre eux traitaient de la construction et de l'inauguration du bâtiment, mais pas de sa fermeture, ce que Gary trouvait étonnant. Il continua ses recherches en consultant différents articles :

"Ouverture du sanatorium de Kingsley, un soulagement pour les personnes atteintes de la tuberculose", "Le sanatorium de Kingsley s'agrandit", "Le professeur Kenson, réputé pour ses recherches dans le domaine orthopédique rejoindra l'équipe du sanatorium." Cependant, il ne trouva rien concernant la fermeture du sanatorium. Il passa ses

mains sur son visage et frotta ses yeux, affaiblis par la luminosité de son écran. Il but une gorgée d'eau et attrapa le cahier chiffonné qu'il avait posé à côté de son écran d'ordinateur. Il l'épousseta et l'ouvrit. À l'intérieur, les pages étaient jaunies et l'encre s'était légèrement estompée bien qu'étant toujours lisible. Un titre écrit en majuscules apparaissait sur la page de garde :

COORDONÉES DU PERSONNEL

Gary ne pouvait pas mieux tomber, avec ça il trouverait certainement les réponses à ses questions. Le cahier donnait les noms et prénoms du personnel de l'établissement, ainsi que leur adresse à l'époque. De plus, il y avait écrit dans la marge une date d'arrivée et une date de départ. Étonnamment, certains noms possédaient une date d'arrivée, mais aucune date de départ. Il feuilleta les pages une à une, relevant tous les noms des personnes susceptibles de l'aider dans ses recherches : médecins, infirmières, et tous ceux qui semblaient être restés assez longtemps au sein de cet hôpital pour pouvoir en parler. Le seul souci, était qu'il fallait retrouver ces personnes, il espérait pouvoir en trouver au moins une capable de lui raconter l'histoire du sanatorium. Pour cela, il consulta internet, et appela d'autres commissariats dont il put obtenir certaines réponses. La plupart des personnes qu'il avait retenues, n'étaient malheureusement plus de ce monde, puis Gary en trouva une qui avait travaillé là-bas pendant une courte durée, et qui habitait toujours à Kingsley. Il décida alors de lui rendre une petite visite. Il attrapa un morceau de papier sur lequel il écrivit le nom, le prénom et l'adresse de cette femme qui pourrait peut-être lui être d'une aide précieuse.

Il se leva, prit les clés d'une voiture garée devant, et partit en direction de l'adresse indiquée sur son feuillet. La personne que l'inspecteur Wilson allait rencontrer était une femme du nom de Rose Sand. Elle avait intégré l'équipe du sanatorium en mars 1963 et l'avait quittée en juillet de la même année. Gary arriva rapidement devant la jolie maison de briques, aux volets bleu marine et au petit portail bleu ciel. Ne voyant pas de sonnette, il ouvrit le portillon et s'avança dans l'allée de petits pavés, jusqu'à la porte. Là, il put sonner, et patienta en observant les alentours. Au bout de quelques minutes, et alors qu'il s'apprêtait à partir, la porte s'ouvrit, laissant apparaître une vieille dame qui s'appuyait sur une canne.

— Bonjour, dit-elle. Que puis-je faire pour vous ?

— Bonjour madame, je me présente, inspecteur Gary Wilson. Êtes-vous Rose Sand ?

— Oui, c'est bien moi, que se passe-t-il ?

— Je sais que vous avez travaillé quelques temps au sein du sanatorium, et j'aurais aimé vous poser quelques questions, si vous êtes d'accord.

La vieille dame écarquilla les yeux, soupira et invita Gary à entrer.

— Je savais que ce jour arriverait, déclara-t-elle en refermant la porte. Entrez, je vous en prie, asseyez-vous.

— Merci bien.

— Voulez-vous boire quelque chose ?

— Un verre d'eau ça ira, merci.

Gary retira sa veste, qu'il posa sur le dossier du fauteuil dans lequel il prit place.

— Voilà votre verre inspecteur, lança Rose en le lui tendant.

— Merci beaucoup. Dites-moi madame Sand, que vouliez-vous dire par *je savais que ce jour arriverait* ?

— Pour tout vous dire, je me doutais bien qu'un jour quelqu'un viendrait me poser des questions sur cet endroit.

— Pourquoi ça ? Racontez-moi.

— Que voulez-vous précisément savoir monsieur Wilson ?

— Tout d'abord, j'aimerais savoir pourquoi êtes-vous restée si peu de temps là-bas. Était-ce pour des raisons personnelles ?

— Oui, c'était bien évidemment pour des raisons personnelles… Cet endroit me faisait peur.

— Pourquoi ? Qu'est-ce qui vous faisait peur ?

— Vous savez inspecteur, je ne sais pas ce que vous cherchez exactement, mais êtes-vous bien sûr de vous adresser à la bonne personne ?

— Il me faut des renseignements sur l'histoire du sanatorium. Pourquoi a-t-il fermé ses portes ? Personne n'en parle, je ne connais même pas la date de fermeture. J'ai vraiment besoin d'informations Madame Sand, et sachez que même si une chose peut paraître futile à vos yeux, elle peut être importante aux miens et pour mon enquête. Alors s'il vous plaît, racontez-moi.

— Pourquoi maintenant ?

— Nous avons ouvert une enquête suite à un incident qui a eu lieu là-bas.

Rose ferma les yeux un instant et soupira de nouveau avant de répondre :

— J'avais dix-huit ans lorsque j'ai rejoint l'équipe du sanatorium.

— En mars 1963, c'est bien ça ?

— Oui, comment le savez-vous ?

— Nous avons trouvé un cahier répertoriant les membres du personnel, et pour l'instant, vous êtes la seule qui soit encore de ce monde.

— J'ai fait ce qu'il fallait, contrairement à beaucoup d'autres qui n'avaient pas ce choix.

— Qu'avez-vous fait ?

— Je suis partie, j'ai donné ma démission, même si je n'avais rien derrière pour continuer à vivre.

— Que s'est-il passé ?

— Je ne pouvais plus y travailler, j'avais bien trop peur à l'époque.

— Peur de quoi ?

— Croyez-vous aux fantômes inspecteur ?

— Oui.

— Vous font-ils peur ?

— Eh bien, je dois admettre qu'ils ne me rassurent pas vraiment.

Rose esquissa un sourire avant de reprendre.

— Le premier jour où je suis arrivée au sanatorium, je ne m'y suis pas sentie bien. J'étais mal à l'aise, mais j'ai mis ça sur le compte du changement radical de ma vie, étant donné que je quittais mes parents pour prendre mon indépendance. Je travaillais de jour, mais j'étais logée sur place, au deuxième étage. La première nuit, il m'était impossible de dormir. Il y avait des bruits qui, selon moi, n'avaient pas vraiment d'explication rationnelle. Et ces bruits, je les entendais chaque nuit.

— Que voulez-vous dire par *pas d'explication rationnelle* ? demanda Gary intrigué.

— Le gardien de l'époque à qui j'en avais parlé, me répondait que c'était le bruit de la plomberie, du bois qui travaille, de la forêt, ou le fruit de mon imagination, mais je savais que ce n'était rien de tout ça, car je me sentais épiée. Peu importe où j'allais, j'avais l'impression qu'on m'observait.

— Y avait-il des caméras ?

— Oui, mais ce n'était pas les caméras, inspecteur… c'était eux.

— Qui ça eux ?

— Tous ces gens qui ont souffert et qui sont morts là-bas.

— Vous voulez dire qu'ils sont toujours là-bas ?

— À ce qu'on dit, lors de la mort, c'est le corps qui meurt, mais l'âme elle, est toujours attisée par notre vécu. Et pour ceux qui ont mal vécu, il est difficile de se sentir libre de partir, à cause des regrets.

— Et vous pensez que ces… fantômes vous voulaient du mal ?

— Je ne sais pas, mais ce que je ressentais était malveillant.

— Vous faisiez quoi là-bas ?

— Infirmière, je m'occupais des patients rescapés de la guerre. Je les ai entendus crier de douleur, je les ai vus pleurer et souffrir en silence, et j'en ai vu qui n'ont pas pu être sauvés.

— Les corps des défunts étaient emmenés à la morgue du sanatorium ?

— Oui, le temps que les pompes funèbres prennent le relais.

— Et savez-vous pourquoi le sanatorium a fermé ses portes ?

— Non, je sais seulement que c'était en 1965. Mais il y a quelqu'un qui serait peut-être en position de vous répondre.

— Qui donc ?

— Eddy Grossman, il était gardien à l'époque où j'y étais, et y travaillait depuis un bon bout de temps. Il doit avoir quatre-vingts ans à présent.

— Grossman vous avez-dit ? demanda-t-il en écrivant sur un calepin.

— Oui.

— Savez-vous quand est-il arrivé au sanatorium ?

— Je dirais… dans les années 50 peut-être.

— Bien merci, et vous n'auriez pas un contact ?

— Non, malheureusement. Mais je sais qu'il n'habite pas Kingsley.

— Merci beaucoup, madame Sand, je ne vais pas vous déranger plus longtemps.

8

Lorsque Gary rentra au commissariat, il trouva Jeff plongé dans la paperasse. Celui-ci avait étalé plein de feuilles partout sur leurs deux bureaux qui étaient accolés. Jeff lança à son coéquipier un regard noir et rouspéta :

— Où étais-tu passé ?

— J'étais parti interroger une ancienne infirmière du sanatorium. Pourquoi cette mauvaise humeur ?

— Parce que cette enquête sent mauvais.

— Oui, je ne te le fais pas dire.

— Nous avons récupéré tout ce qui était en rapport avec la déposition de la fille, mais ça n'a aucun sens, elle est peut-être tout simplement cinglée en fait, mais il faut tout de même s'occuper des corps et du reste.

— Et il faut trier toute cette paperasse je suppose.

— Exactement !

— Ah! Inspecteur Wilson, vous voilà ! s'exclama le lieutenant Gordon en sortant de son bureau. Vous avez renvoyé mademoiselle Héléker chez elle ?

— Euh… non, je me suis absenté, pourquoi ?

— Parce qu'elle n'est plus là

— Elle a dû rentrer chez elle.

— Et vous ne l'avez pas vue ?

— Non, je vous l'ai dit, je me suis absenté.

— Est-ce que quelqu'un a vu la jeune fille blessée qui est venue faire sa déposition ? cria le lieutenant à l'attention de toute l'équipe du commissariat.

Les réponses qu'il obtînt furent toutes négatives.

— C'est pas possible, que personne ne l'ait vue ! Vous là ! Retrouvez-moi cette fille, elle s'appelle Sam Héléker, ordonna-t-il à un agent qui était là. Waltz, Wilson, dans mon bureau immédiatement.

— Oh la la ! Ça ne sent vraiment pas bon ! marmonna Jeff.

Ils entrèrent dans le bureau du lieutenant qui alla s'asseoir et fouilla dans ses papiers pour en ressortir la déclaration de Sam.

— Bon messieurs, il faut absolument résoudre cette enquête, donc j'ai envoyé un agent pour retrouver cette Sam Héléker qui est notre témoin numéro un et qui s'est volatilisée. De votre côté, je veux que vous me trouviez toutes les informations concernant ses amis : Robbie Grey, Kevin Brének, Sara Flynn et Ambre Daniels. Tout ce que nous avons trouvé au sanatorium est parti au labo, les cadavres y compris. Ils vont faire une recherche approfondie. Une autre équipe est restée sur place pour faire des prélèvements.

— Très bien chef, acquiesça Jeff. Et Gary a été rendre visite à une ancienne infirmière, pas vrai Gary ?

— Oui, oui… mais rien de… concluant. Dites-moi, lieutenant, c'est quoi déjà les noms des jeunes ?

— Robbie Grey, Kevin Brének, Sara Flynn et Ambre Daniels, voilà la déposition de mademoiselle Héléker, trouvez-moi le maximum d'informations : adresse, famille, situation, emploi. Je veux tout savoir d'eux, plus aucun secret !

— Brének… répéta Gary.

— C'est bien Wilson, continuez de réfléchir mais faites-le activement en commençant par vous mettre au travail.

— Oui, lieutenant.

Les deux acolytes sortirent du bureau et Jeff alluma son ordinateur et continua de trier les documents qu'il avait éparpillés.

— Jeff, l'interpella Gary en chuchotant.

— Ouais !

— Je crois que j'ai une piste.

— Une piste ? Bah vas-y alors, balance, parce que moi je suis dans le flou total.

— Ne parle pas si fort, la femme que j'ai interrogée, Rose Sand, m'a donné un contact.

— Pourquoi tu chuchotes ? Et je croyais que tu n'avais rien trouvé de concluant.

— Oui, parce que le chef veut qu'on se concentre sur les amis de cette fille, or je pense qu'on ne pourra pas avancer sur l'enquête si on ne sait même pas ce qu'il s'est passé dans cet endroit.

— Qu'est-ce qui te fait dire ça ?

— Mon instinct… quelque chose me dit qu'on ne cherche pas au bon endroit.

— Bien, et tu proposes quoi ?

— Il faut qu'on trouve un certain Eddy Grossman, il était concierge au sanatorium dans les années 50, selon madame Sand.

— Dans les années 50 ? Je ne veux pas être pessimiste, mais ton Eddy machin, je ne suis pas sûr qu'on le trouve, ou peut-être dans un cimetière.

— Selon madame Sand, il aurait dans les quatre-vingts ans, s'il n'est pas dans un cimetière comme tu dis.

— D'accord, admettons que le papy soit toujours en vie et qu'on le trouve, on fait quoi ensuite ?

— On lui pose des questions sur le sanatorium.

— Je ne vois pas en quoi ça nous avancera dans notre enquête Gary.

— Je ne sais pas, mais j'ai le pressentiment que c'est ce qu'il faut faire.

— Très bien… ça a un rapport avec ce qu'il s'est passé dans le sanatorium tout à l'heure ?

— Oui, entre autre…

— J'en étais sûr… Je te connais par cœur mon pote.

— Tu n'es pas curieux de savoir ce qu'il s'est passé dans ce lieu ?

— Je suis curieux de savoir ce qui est arrivé à ces jeunes la nuit dernière, et qui sont ces cadavres.

— Et si je te disais qu'ils ont pu être attaqués par des fantômes, comme moi tout à l'heure ?

— Je te demanderais certainement quel est le nom de ton fournisseur pour que je puisse le coffrer !

— Jeff, je suis sérieux là !

— Mais moi aussi, et tu devrais sérieusement arrêter avec tes histoires de fantômes.

— Mais imagine que j'aie raison…

— Les fantômes c'est dans les films Gary, et uniquement dans les films.

— Et la petite fille que j'ai vue ?

— Oui, quoi ?

— Vous l'avez trouvée ? Vous étiez nombreux tout à l'heure, vous avez fouillé tout le bâtiment non ?

— Oui.

— Et vous n'avez pas rencontré de petite fille ?

— Non, Gary, il n'y avait pas de petite fille, répondit-il d'un ton las tout en classant les formulaires.

— Et pourtant je n'ai pas rêvé, elle était là ! Qu'est-ce que tu fais ?

— Je trie les documents Gary, donc je mets toutes les photos ensemble.

— Est-ce que tu m'as écouté au moins ?

— Bien sûr !

— Et tu n'as rien à me répondre ?

— Écoute Gary, que veux-tu que je te dise ?

— Je veux que tu me dises pourquoi vous n'avez pas trouvé cette petite fille. Elle ne s'est pourtant pas envolée ! Si ?

— J'en sais rien moi, s'agaça-t-il.

— Je vais te le dire moi !
— Vas y…
— Parce qu'elle est morte !
— Tu délires complètement mon vieux, on croirait entendre Cole Sear dans le Sixième Sens[1].
— Et si c'était vrai ? Si j'avais raison… ça voudrait dire que si on n'enquête pas sur ces fantômes en premier lieu, on ne retrouvera jamais ces jeunes. Et on n'a rien à perdre à se renseigner sur le lieu de l'enquête. De toute façon on n'a rien d'autre.

Jeff considéra son ami un instant, puis il jeta un regard vers le bureau de Gordon et leva les yeux au ciel.
— Bon, qu'est-ce qu'on fait ?
— Il faut trouver Eddy Grossman et l'interroger. Je vais continuer de faire des recherches sur les membres du personnel grâce à ce répertoire, et il faut continuer de trier tout ça.
— Et pour le lieutenant ?
— On ne lui dit rien pour l'instant, sauf si on a une piste sur les jeunes, on le met au courant.
— Dans ce cas… j'espère que tu sais ce que tu fais.

Les inspecteurs Waltz et Wilson passèrent la nuit au commissariat, à la recherche d'indices et de contacts. Gary essaya de trouver les coordonnées des anciens membres du personnel, tandis que Jeff tria les documents : formulaires, photos et autres papiers dénichés dans le sanatorium. Tasses de café et courtes siestes dans les cellules de garde à vue, étaient au rendez-vous. Les deux compères ne chômaient pas. Au bout d'un certain temps, ils firent une pause et parlèrent de tout et de rien pour se vider un peu la tête, puis ils décidèrent de dormir un peu jusqu'à ce que le soleil soit

---

[1] Cole Sear est le personnage principal du film « *Sixième Sens* » réalisé par M. Night Shyamalan. C'est de ce film qu'est tirée la réplique devenue culte « *je vois des gens qui sont morts* ».

levé. Gary avait retrouvé la trace de l'un des aides-soignants qui travaillait de nuit au sanatorium. Le pauvre homme était désormais l'un des patients d'un hôpital psychiatrique, situé à environ trente kilomètres de Kingsley. Les visites étant autorisées qu'à partir de dix heures, les deux agents s'octroyèrent un peu de sommeil pour récupérer.

Jeff et Gary se reposèrent jusqu'à neuf heures, puis ils se préparèrent. Ils prirent chacun une douche dans les locaux du commissariat et burent un café bien corsé pour se mettre en forme. Puis ils sortirent pour prendre la voiture et mirent vingt-cinq minutes pour arriver à l'hôpital psychiatrique Saint Barsanuphe. Ils se garèrent sur le parking, et entrèrent dans le hall aux dalles bicolores. Ils s'avancèrent jusqu'à l'accueil et attendirent que la secrétaire finisse sa conversation téléphonique.

— Bonjour messieurs.

— Bonjour, nous sommes les inspecteurs Wilson et Waltz, déclara Gary en lui montrant son insigne. Nous aimerions interroger l'un de vos patients concernant une enquête en cours.

— Quel est son nom ?

— Monsieur Vinyard, s'il vous plaît.

La jeune secrétaire consulta l'ordinateur, faisant patienter les inspecteurs silencieux.

Alors, monsieur Robert Vinyard, chambre 315, troisième étage, l'ascenseur est sur votre droite.

Merci bien, mademoiselle.

Les deux policiers se dirigèrent vers l'ascenseur qui arriva rapidement. Ils laissèrent sortir le patient en fauteuil roulant accompagné d'un infirmier qui était à l'intérieur, et appuyèrent sur le bouton du troisième. Les portes s'ouvrirent sur un couloir lumineux, en face d'un comptoir où patientait une autre secrétaire. Gary se présenta de nouveau, et elle lui indiqua la chambre de Robert Vinyard. La porte de celle-ci était entrouverte. Les deux agents se permirent alors d'entrer.

— Monsieur Vinyard ?

— Qui êtes-vous ? demanda l'homme de soixante-dix ans, assis dans un fauteuil face à la fenêtre.

— Nous sommes les inspecteurs Gary Wilson et Jeff Waltz, monsieur, répondit Gary. Nous aimerions vous poser des questions, s'il vous plaît.

— Me poser des questions ?

— Oui, vous voulez bien ?

— Des questions à propos de quoi ?

— À propos de votre profession au sein du sanatorium de Kingsley.

— Le sanatorium de Kingsley ? répéta-t-il.

— Oui, vous vous souvenez ?

— SORTEZ ! SORTEZ ! cria Robert Vinyard en se levant, tout en brandissant sa canne vers les deux inspecteurs.

— Calmez-vous Monsieur, tout va bien ce ne sont que des questions.

— C'est elle qui vous envoie ?

— Qui ça elle ? demanda Jeff déconcerté.

— SORTEZ ! SORTEZ ! C'est Judith ! Elle l'a dit !

— Judith ? Qui est Judith ?

Alertés par les cris du vieillard, les infirmiers et aides-soignants se pressèrent dans la chambre.

— Que se passe-t-il ici ? demanda l'un d'entre eux.

— Désolé, nous sommes inspecteurs de police, nous voulions seulement lui poser quelques questions pour une enquête en cours, justifia Jeff.

— Vous allez devoir sortir Messieurs.

— C'est elle qui vous envoie ! C'est JUDITH ! hurla Robert Vinyard à présent devenu incontrôlable.

— Il faut sortir Messieurs, insista l'infirmier.

Les deux associés s'exécutèrent embarrassés. Ils s'excusèrent auprès de l'infirmier et Gary tenta d'avoir certaines réponses.

— Savez-vous, par hasard, qui est Judith ? demanda-t-il à l'infirmier.

— Judith ?

— Oui, monsieur Vinyard a crié *c'est Judith !* Vous savez qui est cette Judith ?

— Non, tout ce que je sais, c'est que monsieur Vinyard et venu ici de son plein gré, à part ça, on ne peut pas dire qu'il soit très bavard, ni colérique.

— Y a-t-il un médecin qui pourrait nous renseigner ?

— Non, et ils doivent respecter le secret professionnel, donc ils ne vous diront rien. Je vais vous demander de bien vouloir quitter l'établissement maintenant. Si vous voulez insister, il vous faudra un mandat.

Gary et Jeff firent demi-tour, et sortirent de l'hôpital Saint Barsanuphe bredouilles. En regagnant le parking, le téléphone de Gary se mit à sonner. Il lança les clés à Jeff pour lui faire comprendre que c'était à lui de conduire. Sa conversation semblait le réjouir. Arrivé à la voiture, il sortit son calepin qu'il posa sur le toit de celle-ci, puis il prit un stylo et se mit à écrire, pendant que Jeff s'installait au volant. Ensuite, il raccrocha et prit place sur le siège passager.

— On a retrouvé le gardien du sanatorium. On met le cap sur Maitland.

9

La voiture de police entra dans le village de Maitland situé à cinquante kilomètres au sud de Kingsley. La voix du GPS leur indiquait le chemin à prendre pour aller jusque chez Eddy Grossman. Ils quittèrent le centre ville pour entrer dans un quartier où s'élevaient de hautes habitations aux couleurs ternes. Jeff gara le véhicule au pied d'un immeuble vers lequel ils se dirigèrent. Ils entrèrent dans le hall et observèrent les boîtes aux lettres cherchant le nom *Grossman*. Ils montèrent les escaliers pour aller au premier étage, et Jeff frappa à la porte qu'une femme d'un certain âge entrouvrit, laissant la chaînette de sécurité.

— Bonjour Madame, nous sommes les inspecteurs Waltz et Wilson du commissariat de Kingsley et nous aimerions parler à Monsieur Eddy Grossman, s'il vous plaît, déclara Jeff en désignant son insigne.

— Que lui voulez-vous ?

— Nous voudrions lui poser des questions concernant le sanatorium de Kingsley.

La vieille dame referma la porte et les deux agents purent l'entendre retirer la petite chaîne. Puis, elle leur ouvrit de nouveau et les invita à enter.

— Je suis Maggie Grossman... sa veuve... assura-t-elle froidement.

— Oh ! Désolé Madame, veuillez nous excuser, nous n'étions pas au courant. Toutes nos condoléances, intervint Gary confus.

— Merci... Que voulez-vous savoir sur ce lieu ?

— Nous avons ouvert une enquête suite à un incident grave qui a eu lieu là-bas, et nous aurions aimé savoir ce qui a causé la fermeture du bâtiment, continua-t-il.

Maggie Grossman les toisa un court instant, puis répondit en soupirant :

— Asseyez-vous je vous prie.

Ce que firent les deux agents qui attendirent patiemment que Maggie reprenne.

— Et je suppose que vous voulez tout savoir, n'est-ce pas ?

— Le plus on en saura, le mieux ce sera, répondit Jeff.

— Mon mari a commencé à travailler là-bas en tant que gardien en 1952 et ce jusqu'en 1965. Tout se passait bien jusqu'au jour où les drames ont commencé. La pression était bien trop grande pour tous les patients et d'autant plus pour les membres du personnel. Il y a eu plusieurs morts de déclarées au sein du sanatorium, mais elles n'étaient pas liées aux maladies qu'ils traitaient là-bas.

— Des morts mystérieuses vous voulez dire ? précisa-t-il.

— Non… des suicides. Pendant les dix premières années de son service, tout se passait bien, mon mari aimait aller travailler. Et un beau jour, une fille s'est suicidée. À partir de ce moment là, d'autres patients se donnèrent la mort sans donner aucune explication valable. Cela a eu énormément d'impact sur tous ceux qui passaient leurs journées là-bas, patients et membres du personnel, mon mari y compris. Je le voyais de plus en plus triste et perturbé. Il se renfermait sur lui-même, et me parlait de moins en moins, jusqu'au jour où il se donna la mort en se jetant du toit de l'hôpital. C'était en octobre 1965. Ce jour là, ce n'était pas le seul à commettre cet acte irréversible, et ce fut la goutte de trop, le maire décida donc que tous les patients et employés devaient quitter le sanatorium.

— J'ai une question qui va certainement vous paraître étrange, mais nous avons trouvé des cadavres à l'intérieur… coupa Gary.

— Je vous l'ai dit, le maire décida donc que tout le monde devait quitter le sanatorium

— Comment ça *que tout le monde devait quitter le sanatorium* ? insista-t-il.
— Ils ont rapatrié les malades dans d'autres hôpitaux et tout le personnel est parti.
— Vous voulez donc dire qu'ils ont déserté les lieux, c'est bien ça ? en conclut Jeff.
— Oui, ils avaient tous peur.
— Peur de quoi ? continua-t-il.
— Depuis le décès de cette fille, plus rien n'était pareil. Mon mari me parlait souvent des bruits qu'il entendait lorsqu'il travaillait de nuit, et il n'était pas le seul à les entendre.
— Quels genres de bruits ?
— Des bruits de pas, des murmures, des rires, des cris. Ils disaient aussi que certains objets changeaient de place. Il faisait de son mieux pour rassurer les membres du personnel, mais il est difficile de rassurer quelqu'un lorsque vous êtes vous-même paralysé par la peur.
— Connaissez-vous une Rose Sand ? intervint Gary.
— Non, qui est-elle ?
— Une ancienne infirmière qui n'est restée que quelques mois en 1963. Elle avait peur elle aussi, elle pensait que ce lieu était hanté, qu'en pensez-vous ?
— Je pense simplement que mon mari n'était pas fou. Qu'il repose en paix.
— Auriez-vous d'autres informations qui pourraient nous aider dans nos recherches ?
— Non, je vous ai dit tout ce que je savais.
— Votre mari ne vous a rien dit avant de faire ce qu'il a fait ? hésita Jeff.
— Non, il ne me parlait plus comme avant, mais il parlait dans son sommeil très souvent.
— Vous l'entendiez ?
— Oui, bien sûr.
— Que disait-il ?

— Il répétait sans arrêt que c'était Judith qui le lui avait dit, et que c'était la seule solution.

— Qui est Judith ? Et que lui avait-elle dit ? demanda Gary en lançant un regard discret à Jeff.

— Je ne sais pas.

— Et concernant les membres du personnel, que sont-ils devenus ?

— Je n'en ai aucune idée, mis à part une ancienne doctoresse avec qui je suis toujours amie.

— Comment s'appelle t-elle ?

— Hélène Anderton.

— Et où pouvons-nous la trouver, s'il vous plaît ?

— Au couvent Sainte Héliconis.

10

Gary et Jeff reprirent leur véhicule et repartirent en direction de Kingsley. Le couvent Sainte Héliconis était situé sur la route départementale qui conduisait vers Kingsley. Une fois arrivés, ils s'arrêtèrent à l'entrée, et demandèrent où ils pourraient trouver Hélène Anderton. Une religieuse les invita alors à la suivre, et les guida jusque devant la porte des appartements de la sœur Anderton. Après avoir remercié, la nonne de les avoir conduits jusque là, les deux agents se regardèrent, puis Gary se décida à frapper à la porte. Hélène Anderton, âgée de quatre-vingt deux ans, vint leur ouvrir.

— Bonjour messieurs, dit-elle d'une voix douce et apaisante.

— Bonjour ma sœur, nous sommes les inspecteurs Wilson et Waltz du commissariat de Kingsley, et nous aimerions, si possible, vous poser des questions concernant le sanatorium dans lequel vous avez travaillé.

— Oui, bien entendu, que diriez-vous d'une petite promenade dans les jardins du couvent ?

— Très volontiers, acquiescèrent-ils.

Sœur Anderton referma la porte de ses appartements et ils se dirigèrent vers le cloître pour accéder aux jardins. L'ancienne doctoresse tenait la bible dans ses mains, ainsi qu'un chapelet, dans lequel elle emmêlait ses doigts ridés.

— Bien messieurs, dites-moi, que voulez-vous savoir ?

— Pendant combien de temps avez-vous travaillé au sanatorium de Kingsley ? commença Gary.

— J'y ai travaillé pendant six ans. J'y suis arrivée en mai 1959 et je l'ai quitté lorsqu'il a fermé ses portes.

— Pouvez-vous nous dire ce qu'il s'est passé ?

À ces mots, Hélène Anderton ouvrit de grands yeux et proposa aux deux agents d'aller s'asseoir sur un banc.

— Puis-je vous poser une question messieurs les inspecteurs ?

— Oui, bien sûr.

— Comment m'avez-vous retrouvée ?

— Nous venons tout juste de rendre visite à madame Grossman, c'est elle qui nous a dit que nous pourrions vous trouver ici, expliqua Jeff.

— Pauvre femme, la perte de son mari a été une vraie tragédie, pour beaucoup de personnes, moi, y compris. Qu'il repose en paix.

— Oui, certainement, que pouvez-vous nous dire sur le sanatorium ?

— C'était un endroit agréable à mon arrivée en 1959.

Voyant que la vieille dame n'était pas très bavarde, Jeff décida d'aller droit au but :

— Madame Grossman nous a déclaré qu'il y a eu des suicides.

— C'est à peu près ça, oui.

— À peu près ? insista Jeff sans pouvoir obtenir de réponse.

— Savez-vous qui est Judith ? intervint Gary.

— Judith ? répéta la religieuse en manipulant son chapelet.

— Oui, qui est Judith ? répéta Gary.

— Judith, souffla-t-elle pensive.

Elle regarda son chapelet, puis sa bible et demanda :

— Pourquoi voulez-vous savoir qui est Judith ?

— Nous avons rendu visite au docteur Robert Vinyard, et il a évoqué ce nom, et madame Grossman nous a dit que son mari parlait de cette Judith pendant son sommeil.

— Je comprends… vous voulez savoir qui est Judith, soupira-t-elle perdue dans ses pensées.

— Oui, s'il vous plaît.

Elle ouvrit sa bible et en sortit une vieille photo qu'elle montra aux deux inspecteurs :

— C'est elle. Judith Sam Héléker.

PARTIE III
FAIS DE BEAUX RÊVES

1

Le soleil rayonnait dans le ciel bleu, au-dessus du village de Kingsley, en ce mois de mai 1959. Alors que je préparais mes valises pour le grand jour, un homme vêtu d'un pantalon à pinces beige, d'une chemise blanche, d'une veste grise et d'un béret kaki, vint frapper à la porte. Mon mari alla lui ouvrir et l'invita à entrer. Je me rappelle que ma fille était en train de jouer avec son ours en peluche. Je suis descendue et j'ai dû dire au revoir à mon mari et à ma petite fille. Je lui ai promis que je reviendrai souvent la voir, mais elle ne voulait pas que je parte. Heureusement, son père lui a expliqué que c'était important pour moi d'aller travailler là-bas. C'est donc les larmes aux yeux que je quittai mon foyer. La voiture venait à peine de partir qu'ils me manquaient déjà tous les deux. Puis le moment est arrivé où je ne vis plus ma maison et ça m'a fait un pincement au cœur. Je ne voyais que les arbres de part et d'autre de la route. Le chauffeur avait certainement remarqué que j'étais triste, c'est pourquoi il entama la conversation histoire d'apaiser l'ambiance :

— L'équipe du sanatorium est très impatiente de votre arrivée. Vos travaux sont très reconnus et je pense que nous avons de la chance de vous avoir parmi nous Madame.

— Vraiment ? C'est très gentil merci. J'ai travaillé très dur pour en arriver là alors c'est pour moi, une récompense et un plaisir que de pouvoir vraiment exploiter mes capacités.

— Oui, c'est certain. Où travailliez-vous avant ?

— Dans le petit cabinet de médecin de Kingsley, et en parallèle, j'effectuais des travaux sur l'orthopédie.

— Nous avons eu l'arrivée du professeur Kenson l'année dernière, quel soulagement ce fut pour nous.

— Oui, ses travaux sur les prothèses orthopédiques sont tout à fait fabuleux… Hum… Ma famille me manque déjà...

— Ne vous en faites pas Madame Anderton, le sanatorium est un endroit très agréable, vous verrez. Je suis sûr que vous vous y plairez.

La voiture avait tourné à droite et il se gara juste devant les escaliers aux marches de pierre, dans la petite cour de gravier. Je me rappelle de ce moment comme si c'était hier. Je me sentais minuscule face à cet immense édifice caché en pleine forêt. J'ai mis un peu de temps avant de réaliser où j'étais. C'était une nouvelle expérience, et une nouvelle vie qui allait débuter pour moi.

Je suis ensuite entrée dans le sanatorium et je me suis dirigée vers le comptoir de l'accueil pour prévenir de mon arrivée. Je me souviens de ce lieu très accueillant. Les murs qui étaient peints d'un blanc cassé crème et offraient un espace lumineux, les grandes baies vitrées, et sans oublier la fraîcheur de la forêt qui emplissait l'air. Il y avait des patients dans les jardins en fleurs. C'était un lieu… vivant.

Je me suis donc présentée à la jeune fille qui se trouvait derrière le comptoir :

— Bonjour, je suis Madame Anderton, je…

— Oh ! Bonjour et bienvenue madame, je vais appeler le docteur Teller qui est chef de l'établissement, pour lui faire part de votre arrivée.

— Bien… Merci beaucoup.

Je n'ai pas patienté longtemps avant que le chef de l'établissement ne fasse son apparition. C'était un homme grand, brun et séduisant, qui me serra la main en guise de bienvenue, et avec qui j'eus une longue discussion alors que nous faisions le tour de l'établissement :

— Bonjour, je me présente, docteur Benjamin Teller, chirurgien et aussi gérant de cette grande famille.

— Bonjour, enchantée, je suis le docteur Hélène Anderton.

— Laissez-moi prendre votre valise et suivez-moi je vous prie, je vais vous faire visiter votre nouvelle maison. Nous vous attendions impatiemment Hélène… C'est un lieu très convivial, une grande famille, vous permettez que je vous appelle par votre prénom ?

— Oui, bien sûr. Puis-je savoir pourquoi étiez-vous si impatient de ma venue ? lui demandai-je.

— Votre parcours est remarquable, et vos travaux sur l'orthopédie sont prometteurs. Je pense que vous vous entendrez très bien avec le professeur Kenson. Sachez en premier lieu que l'aile gauche du bâtiment est réservée aux tuberculeux, et celle de droite aux rescapés de guerre, donc inutile que je vous fasse faire un tour complet du sanatorium, ça serait bien trop long. Prenons les escaliers. Malgré le fait que nous soyons dans un sanatorium, nous avons été obligés d'accepter les rescapés de la guerre, les hôpitaux voisins n'ayant plus de place. Cependant, nos connaissances en orthopédie ne sont pas très évoluées, et ces personnes ont essentiellement besoin de ces soins en particulier.

— Combien y-a-t-il de patients ?

— Il y a au total trois cent vingt-cinq patients, dont cent quarante-trois tuberculeux et cent quatre-vingt-deux rescapés de guerre. Bonjour, Isabelle ! lança-t-il en croisant une infirmière dans le couloir du deuxième étage.

— Et au niveau du personnel ?

— Nous sommes cent vingt-quatre avec vous, tout le monde confondu.

— Tout le monde confondu ? C'est-à-dire ?

— Médecins, infirmiers, aides-soignants, cuisiniers, jardiniers, le concierge, les chauffeurs…

— Mais au niveau médical, combien sommes-nous ?

— Quatre-vingt-seize avec vous, sourit-il. Ils sont quarante-deux pour s'occuper des tuberculeux, et cinquante-quatre, avec vous, pour les rescapés de guerre.

— Et est-ce qu'il y a des enfants ?

— Voici votre chambre, tous les membres du personnel sont logés au deuxième étage, et les patients au premier. Oui, nous en avons beaucoup, malheureusement. Sur les cent quatre-vingt-deux rescapés de guerre, nous avons soixante et un jeunes. Quand je dis *jeunes*, j'entends par là qu'ils ont de six à vingt ans.

— Le plus jeune à six ans ? m'étonnai-je.

— Tout à fait, la pauvre petite a perdu l'usage de ses jambes suite à l'effondrement de sa maison, et comme ils n'arrivaient pas à la soigner dans l'hôpital où elle était, ils l'ont transférée ici. Si vous voulez bien nous allons lui rendre visite sur le champ, elle a vraiment hâte de vous rencontrer.

— Cette petite est au courant de ma venue ?

— Bien sûr, elle est pleine d'espoir rien qu'à cette idée.

— Attendez, je ne comprends pas, que lui avez-vous dit ?

— Nous lui avons dit que nous accueillerons bientôt un nouveau médecin qui pourrait la soigner.

— Quoi ? Mais c'est absurde ! Comment pouvez-vous lui dire une telle chose alors que vous savez tout autant que moi que les prothèses qui existent ne lui rendront jamais l'usage de ses deux jambes. Vous vous rendez-compte de ce que vous avez fait ?

— Oui… Nous lui avons donné de l'espoir ! répondit-il calmement. Suivez-moi, c'est par ici.

Ce docteur Teller n'avait pas tout à fait tort, l'espoir est une arme redoutable qu'il faut préserver tant qu'elle existe, et c'était au moins une chose que je pouvais lui apporter. Nous avons donc rendu visite à cette petite fille aux cheveux blonds avec de belles boucles et aux yeux bleus. Elle était adorable.

— Bonjour Benjamin ! s'écria-t-elle de sa petite voix douce à la vue du docteur Teller.

— Bonjour Emily, lui répondit-il. Comment vas-tu aujourd'hui ?

— Je vais bien, regarde mon dessin.

— C'est très joli. Emily, je te présente Hélène notre nouveau médecin.

— C'est toi qui vas me guérir ? me demanda-t-elle.

C'est alors que je lui ai répondu :

— Oui Emily, c'est bien moi.

Nous avons passé un peu de temps avec elle, puis le docteur Teller me présenta à tous les membres du personnel, y compris le professeur Kenson avec qui je pus échanger quelques mots sur notre domaine de prédilection commun : l'orthopédie. Puis, nous avons été voir les jeunes dans la salle de jeux. Des dessins ornaient les murs, des jouets de toutes sortes jonchaient le sol et les jeunes étaient tous affairés à une activité. Certains dessinaient tandis que d'autres jouaient ensemble, tout ça sous les yeux d'une aide-soignante attentive et bienveillante. C'était bon de les voir s'amuser malgré leur handicap.

— Bonjour les jeunes ! s'exclama Benjamin Teller.

— Bonjour Benjamin, répondirent-ils en chœur.

— Écoutez-moi un instant, s'il vous plaît. Je vous présente Hélène, notre nouveau médecin.

— Vous êtes là pour Emily ? questionna un jeune garçon de douze ans qui avait le bras droit en écharpe

— Non, pas seulement Kevin, le docteur Hélène Anderton est là pour tout le monde mais elle va bien entendu s'occuper d'Emily, expliqua Benjamin. Voici, Robbie, Cyril, Amandine, Sara, et Ambre. Les autres doivent être dans leurs chambres ou dans les jardins, mais vous apprendrez à les connaître au fil du temps.

— Quand est-ce qu'elle va s'occuper d'Emily ? interrogea une jeune fille qui se tenait à l'entrée de la pièce juste derrière moi.

— Hélène étudiera le cas d'Emily dès demain, continua Benjamin.

— Et après ça, Emily sera libre ?

— Oui, c'est tout à fait ça… continuez de vous amuser, j'ai encore beaucoup de choses à voir avec notre nouveau médecin.

Nous sommes donc ressortis de la pièce pour visiter le reste du bâtiment : les salles d'opération où il me montra tout le matériel qu'ils possédaient, la salle de pause réservée aux membres du personnel et munie de moniteurs reliés aux caméras de surveillance, et il finit la visite par la morgue. Soudain, je repensai à cette jeune fille qui se trouvait derrière moi, et qui m'avait intriguée. C'est pourquoi je questionnai Benjamin Teller à son propos :

— Qui était la jeune fille qui a demandé quand j'allais m'occuper d'Emily ?

— C'était sa grande sœur, elle est arrivé en même temps qu'Emily, elles sont très proches.

— Pourquoi est-elle là ? Elle ne semble pas avoir besoin de soin.

— Elle a subi un traumatisme crânien suite à l'effondrement de leur maison. Sa boîte crânienne en a pris un coup mais nous avons pratiqué une ostéosynthèse, pour réparer la cassure. Quant à son cerveau, il nous semble qu'il n'a pas été lésé. Et comme je vous l'ai dit, elle est très proche de sa petite sœur, nous ne pouvons pas les séparer, elles sont orphelines. Nous craignons que le moral d'Emily baisse si on fait partir sa grande sœur, et elle n'a pas besoin de ça.

— Je comprends. Et que voulait-elle dire par *après ça Emily sera libre* ?

— Je ne sais pas, elle doit considérer que sa petite sœur n'est pas libre puisqu'elle n'a plus l'usage de se déplacer comme elle le voudrait. Elle parle souvent d'être libre, c'est devenue une habitude chez elle alors je n'y fais plus vraiment attention.

— Comment s'appelle-t-elle ?

— Elle s'appelle Judith.

C'est ce jour-là que j'ai rencontré Judith pour la première fois. La première impression que j'ai eue d'elle était qu'elle semblait être une jeune fille spéciale et différente des autres enfants. Elle avait onze ans à cette époque, et malgré son jeune âge, elle semblait penser avec quelques années en plus. Quant à Emily, elle avait six ans, et supportait étonnement bien son handicap. Je savais que j'allais passer énormément de temps avec elles deux et les autres jeunes, mais j'étais loin de me douter de la suite des événements.

2

Deux ans plus tard, je m'étais vraiment bien adaptée à ma nouvelle vie, et j'avais créé des liens avec ma nouvelle famille. Je rentrais voir mon mari et ma fille aussi souvent qu'il m'était possible de le faire, mais mon travail me prenait beaucoup de temps, et grâce au professeur Kenson, j'avais réussi à trouver une éventuelle solution concernant le problème d'Emily. J'étudiais son cas minutieusement jours et nuits. Je voulais aider cette petite fille, je voulais qu'elle puisse un jour courir de nouveau et explorer le monde autrement que dans un fauteuil roulant. Je passais tellement de temps avec elle que je m'y étais attachée et la considérait comme ma fille. Emily devait être opérée mais il fallait attendre la venue d'un chirurgien spécialisé pour nous épauler Benjamin et moi. De ce fait, je me suis penchée sur le cas des autres jeunes en particulier, tandis que Benjamin s'occupait des adultes. C'est comme ça que j'ai trouvé le moyen de remplacer la jambe atrophiée du jeune Robbie, ainsi que le bras de Kevin, qu'il avait pris l'habitude de porter en écharpe. Ils étaient désormais munis d'une prothèse faite de bois et de cuir en attendant les nouvelles créations des prothésistes réputés de l'époque.

Je me souviens que le sanatorium était particulièrement agité en ce 31 octobre 1961. Les jeunes avaient hâte de célébrer Halloween. Ils avaient tous créé leur propre masque, avec les fournitures disponibles dans la salle de jeux. Ils s'apprêtaient tous à aller manger au réfectoire, où un repas sur le thème de cette fête allait leur être servi. Ils se pressaient tous, dévalant les escaliers aussi vite qu'ils le pouvaient. Je peux me remémorer ce moment comme si j'y étais. Je me tenais dans le hall, en train de parler avec Benjamin Teller. Ils étaient tous heureux et souriants. Même Robbie gambadait comme un lapin avec sa jambe de bois, et son costume de vampire qu'il avait enfilé par-dessus sa robe d'hôpital et la petite Ambre s'était déguisée en sorcière. La petite était en bas des escaliers, elle appelait Judith, qui arriva quelques instants après.

Les enfants étaient tellement contents que c'était la cacophonie, on ne s'entendait presque plus parler. Et soudain, un bruit plus fort que les autres, résonna dans le bâtiment : un cri de petite fille suivi d'un fracas et d'un vent de panique. J'ai vu Isabelle dévaler les escaliers, Benjamin se précipiter vers le bruit en question et moi, je n'ai pas bougé pendant quelques minutes, ou peut-être quelques secondes, pour moi c'était comme si le temps s'était arrêté. Je découvrai avec horreur le petit corps d'Emily dans sa jolie robe de princesse, étendue sur le sol, aux pieds de sa sœur qui ne bougea pas plus que moi, semblant vide de toute émotion. Elle était là, debout, à regarder le corps inanimé d'Emily. Benjamin était agenouillé près d'elle et essayait d'entendre ne serait-ce qu'un brin de vie dans son stéthoscope, tandis qu'Isabelle affolée réprimandait la pauvre Judith :

— Mais enfin Judith, que s'est-il passé ? Je vous avais dit d'attendre.

— Je suis descendue retrouver mes amis… je lui ai dit de t'attendre… déclara-t-elle avec un regard noir, et des larmes coulant lentement sur ses joues.

— Tu n'aurais pas dû la laisser ! la gronda-t-elle tout en dévisageant Benjamin, attendant une réponse.

Après quelques instants, celui-ci releva la tête, soupira, passa ses mains sur son visage, souffla de nouveau, et prit le corps d'Emily dans ses bras pour l'emmener.

— Benjamin… l'interpellai-je avec en moi cette même petite lueur que j'offrais à Emily depuis mon arrivée : l'espoir.

— Il n'y a plus rien à faire, murmura-t-il, la voix cassée par le trouble de cette perte.

Je sentis alors mon cœur se briser. C'était comme si on venait de m'enfoncer une lame en plein dedans. J'avais envie de pleurer, de crier, de rentrer chez moi pour me réfugier dans les bras de mon mari et de ma fille. Ma fille, qui avait le même âge qu'Emily. Pourquoi elle ? J'étais si près du but, j'aurais réussi à lui rendre sa motricité, je lui avais promis que je ferais tout pour y arriver, mais la vie est trop injuste. Une clameur d'indignation avait envahi le hall d'entrée, et les têtes se baissèrent au passage du docteur Teller, des larmes coulèrent, et seul le bruit des respirations saccadées pouvait rompre le silence. Je vis Judith regarder Isabelle droit dans les yeux et lui dire :

— C'est toi qui l'as laissée !

3

Après ce drame, plus rien n'était pareil. Nous avons demandé à Isabelle ce qu'il s'était passé. Elle s'en voulait, et culpabilisait, se rendant coupable du décès d'Emily. Pourtant, les caméras avaient nettement révélé qu'il s'agissait d'un accident. Le fauteuil de la petite fille avait basculé dans les escaliers alors qu'elle essayait d'attraper sa petite poupée de chiffon que Judith avait posée sur le rebord de la fenêtre. Isabelle, quant à elle, était retournée dans la chambre d'Emily pour y récupérer le sifflet qui sert à prévenir en cas de souci. Tous les membres du personnel en avaient un.

Un accident terrible et regrettable, si bien que Benjamin décida de renforcer la sécurité lors des transferts de patients handicapés. Désormais, ils devaient y avoir deux personnes pour un patient. Benjamin m'encourageait à passer du temps avec les autres enfants, mais ça ne comblait pas le vide qui régnait en moi. Il avait embauché une psychologue du nom de Thérésa Barker, pour les enfants et pour quiconque en aurait besoin. Pour ma part, j'ai refusé, je préférais faire face à cette situation seule.

Concernant les amis de Judith, qui étaient également proches d'Emily, ils allaient de mieux en mieux. La psychologue s'inquiétait plus concernant Judith. La jeune fille ne lui parlait pas de sa petite sœur. Les sujets de conversation qu'elle abordait concernaient uniquement ses amis et sa vie au sanatorium. Par contre, elle passait d'avantage de temps avec moi. C'était comme si elle avait eu besoin de trouver refuge auprès de quelqu'un qui connaissait bien Emily. De ce fait, Thérésa se sentait obligée de me consulter régulièrement, pour savoir si quelque chose devait l'alarmer, ce qui créait certains conflits. Je ne voulais pas trahir la confiance que Judith avait mis en moi, alors j'en disais le moins possible.

Ça me rappelle une discussion que j'avais eue avec Thérésa un matin :

— Bonjour Hélène, bien dormi ? me demanda-t-elle en entrant dans la salle de pause.

— Bonjour Thérésa. Oui, très bien merci.

— Tu as passé beaucoup de temps avec Judith hier soir à ce qu'on m'a dit.

— En effet, elle n'arrivait pas à dormir.

— Il faut que tu sois attentive à ce qu'elle pourra te dire dans les jours à venir, me recommanda-t-elle.

— Je suis toujours attentive à ce qu'elle me dit.

— Oui, je m'en doute bien, mais ce que je veux dire, c'est que le jour anniversaire de la mort d'Emily approche à grands pas. Alors il se pourrait que Judith s'extériorise, ou ait besoin de le faire.

— C'est toi la psychologue Thérésa, pas moi. C'est ton travail de gérer la thérapie de Judith et de faire en sorte qu'elle s'extériorise.

— Judith se confie à toi bien plus qu'à moi.

— Ce n'est pas une raison pour me donner une responsabilité en plus, surtout celle de détecter le moindre souci psychologique qu'elle pourrait avoir. Si elle se confie à moi, elle peut tout aussi bien le faire avec toi.

— Pas si elle refuse de le faire Hélène, je ne peux pas la forcer à me parler de sa sœur. Dès que j'essaie d'amener le sujet « *Emily* » elle se renferme tout de suite sur elle même. Elle se braque et ne décroche plus un mot.

— C'est à toi de trouver le moyen de parler avec elle.

— Est-ce qu'elle te parle d'Emily ?

— Ce dont je parle avec elle ne te regarde pas Thérésa.

— Si ça me regarde, je suis sa psychologue.

— Elle se confie à moi parce qu'elle a confiance en moi, et tu voudrais que je la trahisse en te déballant ce qu'elle m'a dit ?

— Que se passe-t-il Mesdames ? intervint Benjamin Teller qui venait prendre son café.

— Je m'inquiète pour Judith docteur et étant donné qu'elle se confie plus à Hélène qu'à moi, j'aurais aimé que Hélène m'en dise un peu plus, lui expliqua Thérésa.

— S'il vous plaît Thérésa, je vous ai déjà dit mille fois de m'appeler Benjamin comme tout le monde ici. Faut-il vraiment s'inquiéter pour Judith ? Je veux dire par là qu'elle à l'air d'aller plutôt bien… Non ? Hélène ?

— Oui, elle va bien, elle me parle à moi, répondis-je.

— Elle me parle aussi lorsque je l'ai en consultation pour son traitement, ajouta Benjamin, à ma grande satisfaction.

— Donc le problème vient de moi, si je comprends bien… en déduit Thérésa Barker.

— Ne soyez pas trop dure envers vous-même Thérésa, Judith est une jeune fille spéciale, et elle l'a toujours été. Je suis persuadé que vous trouverez un moyen de communiquer avec elle.

— Vous a-t-elle déjà parlé de sa sœur docteur ? Pardon… Benjamin.

— Non, pas que je me souvienne.

— De la mort ?

— Non plus.

— De ses défunts parents ?

— Négatif.

— Alors de quoi ?

— De ses amis, de ses activités ici…

— Du futur ?

— Non plus.

— Ce n'est pas normal. Elle devrait en parler un minimum. Et ce qui m'inquiète, c'est qu'elle ne parle même pas du futur, comme si elle n'en voyait pas un pour elle.

— Je vois ce que vous voulez dire, répondit Benjamin qui avait l'air soucieux. Et vous Hélène, de quoi vous parle Judith ?

— Comme je l'ai dit à Thérésa, Judith me fait confiance et je n'ai pas l'intention de la trahir en vous racontant…

— Je ne vous demande pas de nous raconter, m'interrompit-il. Je vous demande de quoi elle vous parle, l'intitulé du sujet de conversation, rien de plus. Et ce ne serait pas la trahir que de lui venir en aide si elle en a besoin.

J'avais soupiré à ce moment là pour montrer mon mécontentement, d'autant plus que Thérésa affichait un petit sourire victorieux, qui avait le don de m'énerver.

— Judith me parle de tout. Elle me pose des questions.

— De tout ? C'est-à-dire ? insista Thérésa. De la mort, du futur, de ses parents, d'Emily, de quoi ?

— Pour tout vous dire, elle m'en parle si j'aborde le sujet. Elle me pose souvent des questions et me parle de choses qu'elle aimerait faire.

— Quel genre de questions pose-t-elle ?

— Mais c'est dingue ça, vous croyez quoi ? Que je suis dupe à ce point et que je vais vous dire ce qu'elle me raconte ?

— C'est important pour… s'écria Thérésa qui fut coupée dans son élan par le gardien qui fit irruption dans la salle.

— Excusez-moi de vous déranger, on m'a demandé de venir vous prévenir qu'une jeune fille manque a l'appel et qu'on ne la trouve nulle part.

— Merci Eddy, vous savez de qui il s'agit ? lui demanda Benjamin.

— Oui, il s'agit de Judith Héléker.

4

Thérésa me lança un regard accusateur auquel je répondis aussitôt, pour ma défense :

— Je suis sûre qu'elle n'est pas loin et qu'elle va bien.

Nous avons donc suivi Eddy Grossman qui s'arrêta dans le hall où s'étaient regroupés plusieurs membres du personnel.

— Bonjour à tous ceux que je n'ai pas encore vus, commença Benjamin. Dites-moi où et quand l'un d'entre vous à vu Judith pour la dernière fois ce matin, et où est-ce que vous avez fouillé.

— Nous avons fouillé partout, répondit un infirmier.

— Qui était chargé de sa surveillance ? demandai-je.

— C'était Isabelle, avoua Benjamin en soupirant. C'est moi qui l'ai planifiée ainsi. Où est-elle ?

— Elle doit encore chercher Judith. Elle s'en veut vraiment. Elle appréhendait cette journée, répondit une infirmière.

— Elle ne s'était pas occupée de Judith depuis le décès d'Emily, alors je me suis dit qu'avec tout ce temps écoulé elle y arriverait, confessa Benjamin. Peu importe, il faut trouver Judith. Où avez-vous fouillé déjà ?

— Partout.

— Vraiment partout ? répéta Thérésa. Le sanatorium est immense, elle peut être n'importe où.

— Bien, on ne panique pas, nous allons la retrouver. Séparez-vous et deux par deux vous refaites le tour complet du sanatorium.

— D'accord, acquiéscèrent-ils.

— Quand je dis le *tour complet* ça veut dire jusqu'au sous-sol et dans les combles s'il le faut.

— Elle est peut-être sortie, suggérai-je.

— Sortie ? Pour aller où ? s'indigna Benjamin.

— Je ne sais pas, mais maintenant que j'y pense, elle me parle souvent de liberté alors peut-être que…

— Il aurait fallu le dire plus tôt j'aurais pu y remédier en thérapie, râla Thérésa.

— Je ne pouvais pas savoir que…

— Du calme Mesdames ! Ce n'est pas le moment de vous crêper le chignon. Chaque chose en son temps, d'abord on retrouve Judith et ensuite vous ferez ce que vous voudrez. Et je ne pense pas que cela ait un rapport, Judith a toujours évoqué cette liberté dont Hélène parle, même avant la mort d'Emily.

Nous sommes sortis du sanatorium pour aller voir les chauffeurs qui étaient en train de parler entre eux. Mais ils n'avaient rien vu. Eddy leur avait déjà demandé. Et soudain, un cri résonna dans la forêt, faisant s'envoler les oiseaux perchés non loin de là.

— JUDITH !

Nous avons tous levé la tête et vu Judith debout sur le toit du sanatorium.

— Oh mon dieu ! Judith, ne fais pas ça ! m'écriai-je

Je n'attendis pas une seconde de plus et rentrai dans le bâtiment en courant pour rejoindre ma petite protégée. Oui, c'est comme ça que je considérais Judith. J'avais perdu Emily, je ne voulais pas perdre Judith. Je ressentais le besoin de la protéger, elle plus que les autres.

Arrivée au niveau du toit, il y avait deux infirmières qui essayaient de la convaincre de renoncer. Je pris leur place, me postai à la fenêtre et l'appelai :

— Judith, viens par là s'il te plaît. Ne fais pas ça je t'en prie.

— Ne fais pas quoi ? me demanda-t-elle, debout sur les tuiles, le bras ouverts, et cheveux au vent.

— Il ne faut pas que tu sautes, on en a déjà parlé ma grande. Ce n'est pas en faisant ça que tu vas retrouver Emily.

J'avais la gorge serrée par la peur. Je ne pouvais pas me résoudre à la perdre, à la voir tomber elle aussi.

— Peut-être que si… Tu ne peux pas savoir, si tu ne sais pas ce qu'il y a après la mort. Tu sais ce qu'il y a après la mort Hélène ?

— Judith, s'il te plaît ma grande. Reviens vers moi.

Judith se retourna et resta là un court instant, à me dévisager. Que pouvait-elle bien se dire dans sa tête ? J'aurais aimé connaître ses pensées à cet instant précis. Puis elle jeta un coup d'œil à ce qu'il se passait en bas, et rebroussa chemin en attrapant ma main. Je l'ai agrippée et serrée fort contre moi. Je voulais qu'elle comprenne qu'elle comptait pour moi, et que j'avais eu peur. Ensuite je l'ai quand même un peu réprimandée :

— Ne me fais plus jamais ça Judith, tu entends ?! Allez, redescendons dans le hall.

— Tu sais Hélène, je n'avais pas l'intention de sauter.

— Vraiment ? Alors que faisais-tu sur le toit ?

— Je voulais sentir le vent dans mes cheveux… J'avais l'impression d'être libre… J'étais bien tu sais.

— C'était dangereux Judith, tu aurais pu te faire mal. Tu aurais pu tomber.

— Oui… comme Emily…

Cette phrase me fit mal au cœur. Je savais qu'Emily lui manquait énormément, peut-être même plus qu'à moi pour vous dire, et je commençais à croire que Thérésa avait raison de s'inquiéter pour elle.

De retour dans l'entrée du bâtiment, je fis patienter Judith avec les deux infirmières et allai voir Benjamin et Thérésa, qui la regardèrent d'un regard noir.

— Elle a dit quelque chose ? me demanda Thérésa.

— Oui… qu'elle n'avait pas l'intention de sauter, qu'elle voulait simplement sentir le vent dans ses cheveux, qu'elle se sentait libre et qu'elle était bien.

— C'est une blague ? s'indigna Benjamin.

— Non, c'est ce qu'elle m'a dit.

Il se dirigea alors vers Judith d'un pas décidé.

— Benjamin, attendez… lui dis-je en le retenant par le bras. Je l'ai déjà réprimandée, ce n'est pas la peine de lui en remettre une couche, elle a compris.

Judith était avec les deux infirmières et patientait en silence, nous fixant du regard. À quoi pouvait-elle penser ?

— Oh ! Si je vais lui en remettre une couche, s'énerva-t-il. À cause de ce qu'elle a fait, Isabelle est partie. Elle se sentait bien trop coupable pour continuer à travailler ici.

— Quoi ? Comment ça ?

— Isabelle a démissionné parce qu'elle n'a pas supporté de commettre deux fois la même erreur. Elle a fait ses valises et vient juste de partir, j'ai essayé de la convaincre de rester, mais elle n'a rien voulu entendre.

— Mais c'est ridicule, ce qu'il s'est passé avec Emily était un accident, les caméras l'ont démontré.

— Oui, mais elle ne peut s'empêcher de culpabiliser et maintenant à cause des frasques de Judith, elle a démissionné.

Je ne pus donc le retenir de disputer Judith une nouvelle fois :

— Judith, ce que tu as fait était dangereux, la rabroua-t-il. Tu as fait peur à beaucoup de personnes, et à cause de ton inconscience Isabelle a quitté le sanatorium, elle ne reviendra pas.

Judith ne baissa pas le regard, elle resta de marbre et répondit simplement, avec un sourire en coin.
— Oui… je sais.

J'aurais vraiment aimé savoir ce qui trottait dans sa petite tête. Cette réponse n'avait pas plu à Benjamin. C'était comme si Judith savait quelles seraient les conséquences de ses actes à savoir : le départ d'Isabelle. Benjamin la suspectait de l'avoir fait exprès.

5

Les jours passaient et se ressemblaient tous les uns des autres. La routine avait repris son cours après les frayeurs causées par Judith. Tout le monde était vigilant, et Benjamin avait demandé à tous les membres du personnel de la surveiller. À l'approche de la fête d'Halloween, il avait jugé bon de réunir toute l'équipe du sanatorium pour savoir s'il fallait la célébrer ou pas. Et nous avons difficilement décidé que, malgré le grave accident qui avait eu lieu l'an passé, il était dommage de pénaliser les nouveaux patients. C'est ainsi que le sanatorium se trouva revêtu de noir et d'orange en ce 31 octobre 1962.

Tout le monde s'était réuni dans le réfectoire où des toiles d'araignées, des chauves-souris et des sorcières miniatures descendaient du plafond. C'était beau je me rappelle. Les tables avaient été disposées en forme de “u”, et Benjamin s'était avancé au milieu de celui-ci pour prendre la parole :

— Bonsoir à tous ! Je vois que nous avons de beaux petits monstres parmi nous ce soir. J'espère que vous passerez toutes et tous une très bonne soirée, et que vous vous régalerez avec le repas spécial, concocté pour l'occasion par nos cuistos préférés. Bon appétit à tout le monde.

Il s'apprêta à aller s'asseoir lorsqu'il vit que Judith, qui était assise juste en face, entre Robbie et Ambre, levait la main.

— Oui, Judith ?

— Je voudrais dire quelque chose s'il te plaît Benjamin.

Il nous lança un regard discret à Thérésa et moi. Nous avons toutes les deux hoché la tête pour lui faire comprendre qu'elle pouvait parler.

— Je t'en prie Judith, nous t'écoutons, sourit-il.

Elle avait quatorze ans à l'époque. Je me souviendrai toujours de ce moment. Elle se leva et attendit que tout le monde ait les yeux rivés sur elle. Puis, elle prit son verre d'eau à la main et le leva pour porter un toast :

— Je souhaite à tout le monde ici présent d'être libre…

Elle but le contenu de son verre et le reposa violemment sur la table, puis reprit :

— Comme Emily !

Un long silence envahit les lieux et Thérésa me regarda avec de grands yeux. Benjamin déclara ensuite le repas ouvert, pour mettre fin à ce calme dérangeant. Après ce nouveau coup de théâtre, le repas se déroula relativement bien. Thérésa observa Judith de près et entama une discussion avec moi, à propos d'elle.

— Je pense qu'il va falloir surveiller les amis de Judith, tout autant qu'elle, me confia-t-elle.

— Pourquoi ? Je trouve qu'ils vont bien.

— Oui, comme Judith.

— Judith est différente, elle est… spéciale.

— Pour ne pas dire bizarre oui. Elle est dérangée, chuchota Thérésa.

— C'est ton avis personnel ou ton avis professionnel ?

— Les deux Hélène. Je sais que tu apprécies Judith, mais elle a un problème psychologique j'en suis sûre. Personne ne peut vivre une épreuve aussi difficile sans en parler.

— Elle m'en parle… Et tu n'étais pas là, tu n'as pas vu ce qu'il s'est passé…

— Benjamin m'a raconté, ainsi que tous les amis de Judith qui ont tout vu également. Même Ambre, qui se tenait à côté de Judith, a vu le fauteuil dévaler les escaliers et le corps de la petite frapper le sol comme si elle n'était qu'une poupée de chiffon. Ils m'ont tous dit que Judith était comme morte à l'intérieur depuis ce jour.

— Comment veux-tu qu'elle soit ? Elle a vu ses parents mourir puis sa petite sœur, morte à ses pieds…

— Justement, c'est pour ça que je te dis que c'est impossible d'agir comme elle le fait. Tu l'as vue pleurer depuis ?

— Non, mais je ne suis pas constamment avec elle non plus.

— Peu importe, ce qui m'inquiète c'est ce qu'elle dit à ses amis.

— Qu'est-ce qu'elle leur dit ?

— Elle leur dit qu'ils ne sont pas libres ici, et que le seul moyen de l'être c'est de faire comme Emily.

— Quoi ? Je ne comprends pas.

— Selon Ambre, Judith pense qu'Emily a réussi à être libre, et que le seul moyen d'accéder à cette soi-disant liberté c'est… de mourir.

— Non, Ambre a dû interpréter ou mal comprendre les propos de Judith.

— Pourquoi tu prends toujours sa défense Hélène ?

— Parce qu'elle a déjà trouvé le moyen d'être libre depuis un petit moment déjà.

— C'est quoi ? Monter sur le toit du sanatorium ?

— Rêver… elle se sent libre quand elle dort et qu'elle rêve. Alors Ambre a dû mal comprendre.

— Je l'espère vraiment, parce que sinon ça voudrait dire que Judith encourage ses amis à commettre un acte irréversible, et ce n'est pas tolérable.

Nous avons ensuite clôturé le sujet et profité de la soirée comme tout le monde. Lorsque l'heure de dormir fut venue, les membres du personnel raccompagnèrent les patients dans leur chambre, alors que je finissais une conversation en compagnie de Thérésa, Benjamin et le professeur Kenson. L'infirmière chargée de Judith se précipita dans le hall vers nous, affolée et en bégayant :

— Ju… Ju… Je ne…je…

— Que se passe-t-il ? Calmez-vous et articulez s'il vous plaît.

Après une grande inspiration, elle reprit :

— Je ne sais pas où est Judith…

— Elle doit être montée avec les autres.

— Oui, certainement.

— Eh bien, allez vérifier, et si elle n'y est pas vous revenez me voir, lui dis-je.

— Oui, docteur.

L'infirmière avait à peine mis le pied sur la première marche qu'un hurlement aigu ébranla le sanatorium, alertant tous les membres du personnel, qui se pressèrent dans les escaliers pour atteindre le premier étage. Une fois en haut, nous nous sommes frayé un chemin, Benjamin et moi, et sommes tombés nez-à-nez avec un infirmier. Derrière celui-ci, il y avait une infirmière qui avait perdu connaissance allongée sur le sol, ainsi qu'un infirmier qui s'occupait d'elle, et un peu plus loin dans le couloir, les jeunes qui affichaient des regards d'une tristesse incommensurable, accompagnés par deux infirmières qui ne pouvaient retenir leurs larmes.

Benjamin écarquilla les yeux, l'inquiétude semblait s'être emparée de lui.

— Docteur, fit l'infirmier d'une voix grave. C'est Judith…

6

Benjamin prit une grande inspiration et souffla, puis il demanda à tout le monde de descendre. Seule Thérésa resta avec nous. Benjamin prit son courage à deux mains et entrouvrit la porte de la chambre de Judith que l'infirmier avait pris soin de refermer. À ce moment, je me suis tout simplement effondrée sur le sol en pleurant, je ne sentais plus mes jambes, je tremblais de tout mon corps, ma vision était devenue trouble à cause des larmes qui coulaient sans pouvoir s'arrêter, ma respiration s'était accélérée et était saccadée, j'avais mal au cœur, une envie de vomir mais impossible de le faire. Thérésa se précipita vers moi pour tenter de me calmer et Benjamin resta planté devant le décor macabre que nous offrait la chambre de Judith. Elle avait réussi à se pendre. Je me souviens de l'état de la chambre à ce moment là : des dessins et photographies sur le sol, des feuilles froissées éparpillées, la commode en bois renversée, sur laquelle elle avait certainement grimpé avant de se laisser tomber dans le vide, retenue par ses draps attachés à une poutre du plafond, initialement cachée par des dalles, et des écritures en majuscules ornaient le miroir de sa chambre :

JE NE VEUX PLUS RÊVER SEULE, IL FAUT ÊTRE LIBRE. FAITES DE BEAUX RÊVES.

Deux aides-soignants aidèrent Benjamin à descendre le corps sans vie de ma petite protégée. Je suis restée un moment dans la chambre à regarder les photos et les dessins. Certains étaient d'Emily. Je tremblais toujours autant,

— Hélène, il faut que tu te reposes, m'avait dit Thérésa.

— Je n'ai pas sommeil…
— Bien… Tu veux que je te laisse ?
— Oui, s'il te plaît…
— Ça va aller ?
— Ai-je le choix ? lui avais-je murmuré, les yeux rivés sur une photo de Judith et moi.

C'est cette même photo que vous voyez là messieurs. J'ai récupéré tous les dessins et quelques photos de Judith et Emily. Comme elles étaient orphelines, je pouvais me le permettre.
— D'accord, mais si vous en veniez aux faits Madame Anderton. Car ils se trouvent que les victimes de notre enquête se nomment Robbie Grey, Kevin Brének, Sara Flynn et Ambre Daniels.
— C'est tout bonnement impossible inspecteur Wilson. Vous venez de citer les noms d'anciens patients du sanatorium.
— Et pourtant, cette fille, sur votre photo, est venue dans notre commissariat hier matin. Elle était couverte de sang, elle a fait sa déposition nous disant que ses amis Robbie Grey, Kevin Brének, Sara Flynn et Ambre Daniels étaient tous morts là-bas, que quelque chose les avait tués.
— Ces enfants sont morts il y a près de cinquante ans inspecteur.
— Alors racontez-nous ce qu'il s'est passé s'il vous plaît. Que leur est-il arrivé ?
— Si vous voulez mon avis inspecteur, c'est elle qui les a tués. Elle s'est emparée d'eux les uns après les autres. Elle doit avoir des regrets.
— Connaissez-vous Rose Sand ?
— Oui, bien sûr, c'est moi qui l'ai formée lors de son arrivée.
— Rose Sand m'a dit que lors de la mort, c'est le corps qui meurt, mais l'âme reste en vie, attisée par notre vécu. Et

pour ceux qui ont mal vécu, il est difficile de se sentir libre de partir, à cause des regrets.

— Qu'avez-vous dit inspecteur Wilson ? Qu'avez-vous dit à la fin de votre phrase ?

— Pour ceux qui ont mal vécu, il est difficile de se sentir libre de partir, à cause des regrets.

— Oui, c'est exactement ça ! Ma petite Judith devait regretter d'avoir laissé sa petite sœur, alors elle n'a sans doute jamais pu se sentir libre comme elle le voulait, et ça, même après sa mort. Son âme est restée dans le sanatorium et elle devait être en colère. C'est sûrement pour ça qu'elle les a tués.

— Que s'est-il passé Madame Anderton ?

— Le cauchemar a commencé l'année suivant la mort de Judith.

7

Cette année de 1963, l'équipe du sanatorium ne s'en était pas encore tout à fait remise. Les amis de Judith avaient du mal à se faire à l'absence de celle-ci. Certains membres du personnel avaient préféré faire comme Isabelle et quitter les lieux au plus vite. Ils ne supportaient plus cette ambiance, ni ce couloir avec cette porte condamnée, celle de la chambre de Judith.

Le mois de mars était là, les arbres étaient déjà en fleurs, et la forêt s'éveillait après son sommeil hivernal. Le sanatorium reprenait vie également en accueillant de nouveaux employés. L'une d'entre eux, une jeune femme de dix-huit ans, les cheveux bruns toujours coiffés en chignon, de petite taille et mince, arriva dans le hall, écarquillant les yeux à la vue de l'immensité du lieu dans lequel elle se trouvait. Lorsque je la vis, je me suis reconnue, me remémorant le jour de mon arrivée. C'était la nouvelle infirmière que j'attendais, je me suis donc dirigée vers elle pour lui parler :

— Bonjour, vous êtes Mademoiselle Sand ?

— Oui, exactement Rose Sand.

— Je suis le docteur Hélène Anderton. Le docteur Teller est en déplacement alors c'est à moi que revient la tâche de vous faire visiter les lieux.

— Très bien, je vous suis.

— Nous allons commencer par le rez-de-chaussée.

Je lui ai montré et expliqué tout ce qui lui serait nécessaire pendant son séjour chez nous. Étant donné que Rose s'occupait seulement des rescapés de guerre, comme moi, nous n'avons fait que le tour de l'aile droite du sanatorium.

Nous sommes passées devant l'ancienne chambre de Judith, où elle me demanda :

— Qu'est-ce qu'il y a derrière cette porte ?

— C'était… dangereux alors nous l'avons condamnée. Continuons la visite.

Rose me regarda perplexe et reformula sa question :

— Mais il y avait quoi avant ? Dans cette pièce ?

— Ce n'est pas important… Suivez-moi et concentrez-vous sur ce que je vais vous dire, c'est important.

Je ne voulais tout simplement pas lui dire ce qu'il s'était passé, premièrement parce que ça me faisait plus de mal qu'autre chose d'en parler, mais aussi parce qu'elle aurait certainement renoncé à travailler dans un tel endroit, et nous manquions de personnel.

— Bien… Je vous écoute… soupira-t-elle.

— Couvre-feu à vingt-et-une heures grand maximum, nous ne voulons plus personne dans les couloirs, excepté les aides-soignants qui travaillent de nuit, le docteur Teller et moi-même. Comme vous travaillez de jour, vous comprenez bien que vous ne devrez pas vous balader dans les couloirs après vingt-et-une heures.

— Pourquoi ça ?

— Parce que c'est la règle. Les enfants sont réveillés à huit heures, ils vont prendre leur petit-déjeuner dans le réfectoire, puis ils font leur toilette, avec de l'aide s'il le faut. Ensuite ils s'adonnent à diverses activités. Les dossiers médicaux sont stockés dans le bureau du docteur Teller. L'accès à la serre est réservé au professeur Kenson, l'accès au sous-sol est interdit.

— Qu'est-ce qu'il y a au sous-sol ?

— La morgue.

— Et la serre ?

— Le professeur Kenson cultive et étudie des plantes médicinales. C'est un peu comme son bureau, donc accès interdit sauf avec autorisation. Nous avons fait le tour de tout ce que vous deviez voir. Concernant votre travail, nous sommes en manque de personnel, donc vous assurerez aussi bien le travail des aides-soignants que le vôtre. Vous contribuerez au bon déroulement des journées. Bien entendu, vous aurez votre salaire d'infirmière, je vous rassure. Pour ce qui est de vos tâches et votre planning, vous verrez ça avec le docteur Teller. Si vous n'avez pas de question, je vais vous laisser car j'ai à faire.

— Non, ça ira, je me débrouillerai, merci beaucoup.

Le soir venu, et n'arrivant pas à dormir comme la plupart du temps, je suis allée dans la salle de repos pour y prendre un thé. Quelques heures après le couvre-feu, je vis sur les écrans, quelqu'un se balader dans le couloir du deuxième étage. J'ai donc été voir. C'était Rose qui était sortie de sa chambre et qui marchait dans le couloir. Je me souviens l'avoir fait sursauter :

— Oh mon dieu ! Hélène, vous m'avez fait peur !

— Que faites vous dans les couloirs à cette heure-ci ? Je croyais avoir été claire. Retournez dans votre chambre Rose.

— C'est que j'ai entendu du bruit, alors je me demandais ce qu'il se passait.

— Retournez dans votre chambre, s'il vous plaît.

— Oui, mais il faut que vous sachiez que j'ai entendu des bruits de pas et un rire d'enfant, alors je ne dois pas être la seule à me balader dans les couloirs.

— Vous avez dû rêver…

— Je ne suis pas sûre qu'il me soit possible de rêver tout en étant éveillée mais si vous le dites, vous devez avoir raison.

— Il y a des caméras dans les couloirs Rose, nous l'aurions vu s'il y avait un enfant.

— Bonne nuit Hélène.

Rose repartit dans sa chambre et pour me rassurer je suis descendue au premier étage pour vérifier que tous les jeunes dormaient. Ce n'était pas la première fois que quelqu'un rapportait ces faits étranges. Arrivée dans le couloir du premier, je vis le jeune Kevin Brének debout devant la porte de la chambre condamnée. Il avait treize ans à l'époque. Il était pieds nus et fixait la porte du regard, sans bouger.

— Kevin, l'appelai-je. Il faut aller dormir.

Celui-ci ne cilla pas. Je me suis approchée et ai posé ma main sur son épaule, ce qui le fit réagir. Il tourna la tête vers moi et me dit :

— Je dormais déjà.

— D'accord trésor, viens je te ramène dans ta chambre.

Là, un aide-soignant qui faisait sa ronde arriva et regarda Kevin.

— Tout va bien ? me demanda-t-il.

— Oui, ne vous inquiétez pas.

— Vous voulez que je m'en occupe docteur ?

— Non, c'est bon merci. Je vais le ramener dans sa chambre, vous pouvez continuer votre tour de surveillance.

Kevin m'a pris la main et je l'ai ramené dans sa chambre sans faire de bruit car Robbie dormait dans la même pièce. Une fois dans son lit, j'ai pris le temps de lui expliquer certaines choses :

— Tu sais Kevin, il ne faut pas sortir tout seul dans les couloirs. Tu sais qu'il te suffit juste d'appuyer sur le bouton d'alerte pour prévenir quelqu'un.

— Oui, je sais mais elle m'a réveillée.

— Qui ça trésor ? Qui t'a réveillé ?

— Judith, elle m'a parlé et ça m'a réveillé.

J'ai senti mon cœur se serrer, et fut parcourue d'un frisson.

— Tu as sûrement fait un rêve trésor, lui dis-je tendrement en passant ma main sur son front.

— Non, elle m'a vraiment parlé Hélène.

— Et qu'a-t-elle dit ?
— Elle m'a chanté une berceuse, mais je dormais déjà.
— C'était quoi cette berceuse ?
— Endors-toi, repose en paix, et fais de beaux, très beaux rêves, chuchota-t-il.

Je suis restée sans voix pendant un court moment. Ce n'était pas dans les habitudes de Kevin de penser à des choses sombres, et cette soi-disant berceuse ne lui ressemblait pas.

— Rendors-toi trésor, essaie de ne plus y penser, lui ai-je répondu en me dirigeant vers la porte.
— Hélène…
— Oui, Kevin.
— Pourquoi vous avez enfermé Judith dans sa chambre ? Elle voudrait sortir maintenant.

Je n'ai pas compris pourquoi il m'avait dit ça, tout ce que je sais, c'est que j'aurais dû être alertée dès cet instant. Je ne lui ai pas répondu car j'avais envie de pleurer, et je ne voulais pas qu'il le voie ou l'entende. Je suis redescendue dans la salle de repos et me suis installée dans le canapé à regarder les moniteurs retransmettant les images prises des caméras. J'étais exténuée, j'aurais pu aller dans ma chambre pour essayer de dormir, car les aides-soignants qui travaillaient de nuit étaient tout à fait qualifiés, mais j'ai préféré rester dans le canapé, où je me suis endormie. Au final, c'est là que j'ai passé mes nuits pendant une longue période.

Puis, un soir d'octobre après la soirée d'Halloween, je me suis réveillée en pleine nuit, encore une fois dans la salle de repos. Il devait être deux ou trois heures du matin. Il y avait Kevin qui était encore sorti de son lit, c'était devenu une habitude. Il était entré dans la salle de pause et était venu chuchoter à mon oreille la berceuse dont il m'avait parlé.

— Endors-toi, repose en paix, fais de beaux, très beaux rêves.

Il m'avait réveillée en sursaut :

— Kevin, trésor, que fais-tu là ? Et… Oh mon dieu ! Tu es blessé ?

— Non.

— Si, regarde tu as du sang sur toi, qu'est-ce qu'il s'est passé ? Fais-moi voir ça, enlève ta robe trésor.

— Non, me dit-il en reculant.

— Pourquoi non ? Kevin, il faut que je te soigne si tu es blessé.

— Je ne suis pas blessé.

— Trésor, tu es tâché de sang…

— Mais ce n'est pas le mien.

— Quoi ?

Je ne comprenais rien, il avait sa robe d'hôpital tâchée de sang. J'étais mal réveillée et très fatiguée, j'avais l'impression de faire un cauchemar. Je me suis donc rassise sur le canapé et lui ai demandé de répéter ce qu'il m'avait dit :

— Kevin, qu'est-ce que tu as dit ?

— J'ai dit que ce n'est pas le mien. Le sang, ce n'est pas le mien.

— Oui, j'ai compris trésor, mais si ce n'est pas le tien alors c'est le sang de qui ?

— Bin, c'est Robbie, me confia-t-il tout naturellement.

— Robbie ? Où est Robbie ?

— Ne t'en fais pas Hélène, Robbie va bien, il est avec Judith.

En entendant ces mots, je craignais le pire. Je me suis levée d'un bond et ai monté les marches deux par deux jusqu'au premier étage. La porte de la chambre de Judith était ouverte. J'ai hésité quelques secondes, sentant mon cœur se contracter, comme s'il était en train de rétrécir, je redoutais une crise d'angoisse. J'ai pris sur moi et j'ai poussé cette porte, tout en revoyant les images macabres du 31 octobre 1962, défiler devant mes yeux. Et là devant moi rampant à terre, les bras tendus, Robbie, couvert de sang, mutilé au visage. Le miroir au mur avait été brisé, seuls quelques morceaux étaient restés accrochés. Robbie se traînait dans la poussière, les morceaux de miroir et les feuilles froissées qu'on avait laissées.

Malgré mon expérience, j'étais pétrifiée. Et soudain, en regardant dans le miroir, je le vis. Le visage cireux de Judith avec ses jolies boucles blondes qui tombaient le long de ses joues creusées. Et je pus l'entendre chuchoter la berceuse dont m'avait parlé Kevin. Prise de peur, j'ai crié et me suis précipitée dans la salle où veillaient les aides-soignants, pour qu'ils me viennent en aide. Ce qu'ils firent. Ils emmenèrent Robbie en salle d'opération, tandis que j'allais réveiller Thérésa, et contacter Benjamin qui s'était rendu dans un autre établissement pour quelques jours. Il devait revenir au plus vite. Cependant, Robbie n'était pas le seul à avoir besoin de soin.

En descendant vers le comptoir de l'accueil pour téléphoner à Benjamin, il y avait une trainée de sang dans le hall. Trace de sang qui menait dans la salle de repos. Après avoir échangé un bref regard avec Thérésa, nous nous sommes dirigées vers le lieu en question, et avons découvert avec horreur un infirmier maculé de sang et visiblement sous le choc, un pied de chaise à la main et Kevin étendu sur le sol, inerte, un œil crevé. L'infirmier essaya de se justifier par tous les moyens, en disant que Kevin l'avait attaqué, qu'il était devenu fou, qu'il avait essayé de l'étrangler et qu'il n'avait pas eu d'autre choix que de se défendre contre le jeune garçon. Nous ne savions plus quoi faire avec Thérésa, et l'absence de Benjamin ne nous aidait pas. Nous nous sentions démunies et moins en sécurité, et pour cause. Le temps pressait, Robbie était sur la table d'opération, mais je ne pouvais pas l'opérer seule. Thérésa appela la police pour l'infirmier qui clama son innocence jusqu'au bout. Quant à moi, c'est en arrivant dans la salle que je découvris avec horreur qu'il était bien trop tard pour espérer sauver Robbie. Le pauvre avait succombé à ses multiples entailles situées au niveau du visage et de l'abdomen. Et je n'avais rien fait, je n'avais même pas essayé. Je m'en voulais tellement. J'avais mal au cœur. Je voulais que tout s'arrête, je voulais me réveiller de ce cauchemar infernal. Et malheureusement ce n'était pas la fin, car personne ne le savait, mais les drames ne faisaient que commencer.

8

L'année suivante fut toute aussi rude. Benjamin avait décidé de ne plus quitter les lieux, même pour une conférence de deux heures située à quelques kilomètres, et suite aux rumeurs qui circulaient, il avait du mal à recruter de nouveaux employés pour renforcer la sécurité au sein du sanatorium. Les caméras de sécurité et l'enquête policière n'avaient rien révélées au sujet du décès de Robbie et Kevin. La porte de la chambre de Judith avait été de nouveau condamnée. Des planches y avaient été fixées pour être sûr que personne ne puisse l'ouvrir de nouveau. Certains employés avaient quitté les lieux, prétendant avoir vu une petite fille blonde courir dans les couloirs en réclamant sa maman. Une infirmière avait accusé cette même petite fille de lui avoir atrophié le bras à l'aide d'un morceau de verre. Selon la description elle ressemblerait à Emily. Benjamin ne voulait pas y croire, et Thérésa non plus. Me concernant, je ne savais plus trop quoi penser. Après avoir vu le visage de Judith dans ce miroir, il m'était difficile de ne pas y croire un minimum. Mais pourquoi aurait-elle fait une telle chose ?

Un soir d'octobre 1964, le jour fatidique de la fête des morts, alors que j'essayais de trouver le sommeil, j'entendis du bruit dans les couloirs, ainsi qu'un murmure lointain. Emportée par ma curiosité et soucieuse du bien-être de tout le monde, je suis sortie dans le couloir vide et sombre. Je me souviens que l'air était froid, que j'avais été parcourue d'un frisson et que j'avais senti un souffle dans mon cou. J'ai entendu des bruits de pas, puis un rire d'enfant, tout comme Rose Sand, qui avait démissionné pour cette raison quelques mois après son arrivée. Je me suis aventurée dans le sanatorium, descendant les marches, allant au premier étage. Ce soir là, j'ai trouvé une poupée de chiffon similaire à celle que possédait Emily sur un rebord de fenêtre. Puis, en continuant d'avancer, je vis que les planches qui barricadaient la porte de la chambre de Judith étaient au sol, brisées, et que c'était grand ouvert. J'ai eu vraiment peur, je revoyais déjà Judith, Robbie et Kevin. J'ai eu un haut le cœur, puis un bruit venant d'en bas me fit sursauter. Je suis alors directement descendue et en passant dans le hall, je vis de la lumière dans la serre du professeur Kenson. Je suis sortie dans les jardins pour aller voir ce qu'il se passait. Le professeur Kenson ne travaillait pas de nuit puisqu'il était en fauteuil roulant, il avait besoin d'être porté pour monter et descendre les escaliers. Peut-être avait-il demandé aux aides-soignants de nuit de l'aider pour une fois. C'était un homme que j'appréciais beaucoup, et grâce à qui je pus progresser dans mon métier.

En m'approchant de la serre j'ai commencé à distinguer des bruits de respiration, entrecoupés de gémissement. Il y avait quelqu'un qui pleurait. Je suis alors entrée dans ce lieu verdoyant, et j'ai interpellé le professeur Kenson qui était à son bureau, dos à moi. Comme il n'a pas réagi, j'ai posé ma main sur son épaule gauche, et en m'approchant plus, je vis avec horreur qu'il avait la gorge tranchée, le sang avait coulé abondamment et coulait encore. J'ai crié, puis je me suis retournée et je me suis retrouvée face à une infirmière travaillant de nuit, qui avait un pied de biche ensanglantée à la main. Elle voulait venir vers moi, mais j'étais terrifiée, elle essayait de m'expliquer quelque chose, mais je n'écoutais pas. C'était comme si deux de mes sens s'étaient déconnectés. Ma vision devenait trouble et mon ouïe percevait les sons de moins en moins bien. Pour moi c'était elle la responsable de ce meurtre atroce. Pourquoi lui ? Ce pauvre vieil homme n'avait jamais fait de mal à personne. Je me suis donc réfugiée au fond de la serre à l'opposé, mais je ne m'attendais pas à voir cette scène.

Il y avait un bazar monstre, des étagères cassées, des outils partout et parmi ce désordre, le corps de la petite Ambre. Le crâne ouvert, suintant, colorant le sable gris de la serre. Cette fois-ci, je ne pus me retenir de vomir, m'écrasant sur le sol. L'infirmière se rua vers moi, laissant tomber le pied de biche, m'expliquant qu'elle s'était défendue, que la petite de quatorze ans avait égorgé le professeur Kenson puis l'avait attaquée elle. Elle me montra sa morsure à la jambe pour que je la croie. Tout était flou. Elle m'aida à me remettre debout et me conduisit à la salle de repos, mais j'ai directement foncé au deuxième étage pour aller réveiller Benjamin. Il essaya de me rassurer et de me tranquilliser, appela la police qui ne tarda pas à venir, et fit renvoyer l'infirmière. Que pouvait-il bien faire de plus ?

Je lui ai dit qu'il fallait quitter le sanatorium, mais c'était impossible, nous ne pouvions pas transférer nos malades, par manque de place dans les hôpitaux voisins.

Pendant leur enquête, les agents nous rapportèrent que selon l'infirmière, la petite Ambre avait déclaré que c'était une certaine Judith qui lui avait dit de faire ce qu'elle a fait, sans quoi elle ne serait pas libre et qu'elle devait être libre. Ils nous ont donc demandé si nous savions qui est cette Judith.

9

L'année d'après, le maire de Kingsley avait demandé à ce qu'il y ait deux agents de sécurité en permanence sur le site, mais cela n'empêcha pas le drame d'arriver. Aussi étonnant que cela puisse paraître ça s'est passé une nuit d'octobre 1965. Au final, il se passait un drame chaque année à Halloween, qui était peut-être réellement le jour de l'ouverture des portes vers l'autre monde, et ce depuis le décès d'Emily en 1961.

Avec tous ces événements, je dormais mal et Thérésa m'avait prescrit des médicaments pour m'aider à trouver le sommeil. Je les pris pendant une période, puis j'ai arrêté le traitement car lorsque je m'endormais, je voyais Judith qui était morte d'apparence, et je l'entendais me chanter la berceuse. Je me sentais attirée par sa voix. Puis elle me disait que je devais la rejoindre pour être libre. Un jour, je me suis réveillée dans les cuisines un couteau à la main, alors que je n'avais jamais été somnambule de ma vie. Était-ce à cause de Judith ? Tout ce dont je me rappelle c'est que je m'endormais, que je voyais son visage livide, que je l'entendais prononcer les paroles de la berceuse, et que je sentais en moi un profond désir de la suivre. Ensuite c'est le trou noir.

Ce soir là, j'étais dans la salle de pause avec le gardien Eddy Grossman, et Robert Vinyard un aide-soignant. J'étais assise dans le canapé, les yeux rivés sur les écrans tandis qu'ils jouaient aux cartes, et nous avons eu une discussion plutôt étrange Eddy et moi, Robert ayant opté pour le silence le plus complet. Il me racontait qu'il avait lui aussi rêvé de

Judith plusieurs fois, et qu'elle lui avait dit les mêmes choses qu'à moi. Je fus parcourue d'un léger tressaillement en entendant ça.

— Vous croyez aux fantômes Hélène ? m'avait-il demandé.

— Je ne sais pas… Vous savez la nuit où j'ai trouvé Robbie dans la chambre de Judith ?

— Oui…

— Je l'ai vue dans le miroir.

— Qui ?

— Judith… Elle avait le teint blafard, les yeux cernés de noirs, les lèvres violettes et les joues creusées… elle semblait si… réelle.

— Vous pensez qu'elle l'était ?

— Je n'en sais rien. Judith est morte, c'est difficile de se dire qu'elle est peut-être toujours en vie d'une certaine manière. Je ne sais pas vraiment ce que je dois croire.

— La question est plutôt : faut-il voir pour croire ou croire pour voir ?

— C'est une question vraiment très pertinente Eddy, malheureusement je n'en ai aucune idée.

— Moi je crois aux fantômes, et je crois aussi que nous ne sommes pas seuls dans cet endroit. Ça me file la chair de poule rien que d'y penser.

— Vous pensez qu'ils sont capables de nous faire du mal ?

— Pourquoi cette question ?

— Eh bien, si c'est le fantôme de Judith qui est responsable de ces tragédies alors elle est devenue malfaisante.

— Si c'est le cas, elle a peut-être une raison d'agir comme elle le fait. Chaque chose a une raison d'être dans ce monde.

— Quelle serait sa raison pour nous faire du mal ?

— Vous la connaissiez mieux que moi Hélène.

Cette façon de voir les choses me fit réfléchir. Je suis restée silencieuse quelques minutes pour y songer avant de m'écrier :

— Nous libérer !

— Quoi ?

— Elle veut nous libérer. Elle a toujours pensé que la mort était une libération, et le seul moyen d'être vraiment libre.

— Eh bien ! Elle a eu ce qu'elle voulait, pourquoi s'en prendrait-elle à nous ?

— Parce qu'elle doit croire que nous ne sommes pas libres… Vous avez entendu ?

— Oui, c'est la porte qui mène au sous-sol, la seule porte qui grince autant dans cet établissement.

Quelqu'un venait d'ouvrir la porte menant au souterrain. Les aides-soignants n'y avaient pas accès. Seuls Benjamin et Eddy en possédaient la clé.

— Je vais aller voir ce que c'est, restez ici, me recommanda Eddy.

— Non, on vient avec vous.

C'était hors de question que je le laisse y aller seul. Nous sommes alors sortis de la salle de repos et avons traversé le hall dans lequel se trouvait un fauteuil roulant qui se mit à bouger tout seul, pivotant dans notre direction.

— Où est ma maman ? demanda la petite fille blonde assise dans celui-ci.

Eddy m'attrapa par le bras de peur que je bouge, mais il se trompait, j'étais paralysée devant la vision de ma chère petite Emily, assise dans sa chaise roulante, le teint crayeux comme celui de sa grande sœur la dernière fois que je l'ai vue. Puis, elle recula jusqu'à la porte ouverte donnant sur les escaliers pour le niveau -1. Elle recula encore, tout en murmurant :

— Endors-toi, repose en paix, fais de beaux, très beaux rêves. C'est toi qui vas me guérir ?

Les larmes se mirent à couler sur mes joues sans pouvoir contrôler quoi que ce soit. Et sous nos yeux horrifiés, Emily bascula dans la cage d'escaliers dans un éclat de rire. Nous nous sommes précipités tous les trois vers la porte, elle avait laissé une empreinte sanglante de sa petite main sur le mur. Nous avons descendu les marches prudemment jusqu'au sous-sol. Le couloir était humide et ça sentait le renfermé, nous pouvions entendre des bruits sourds venant de la morgue. Nous avons ouvert la porte, et découvert que certaines cellules de conservation étaient ouvertes, et deux étaient fermées. Les bruits sourds continuaient. C'était comme si quelqu'un frappait du poing contre un mur. Eddy s'avança et ouvrit l'un des tiroirs, pendant que Robert s'avançait pour ouvrir le deuxième. Celui ouvert par Eddy était vide, mais lorsque Robert ouvrit l'autre, il fut violemment attrapé par des bras sortant de celui-ci. Il se débattit et le corps tomba de la cellule, tronqué, ensanglanté mais toujours en vie. La petite Sara rampa vers nous en s'aidant de ses bras, mais nous étions tellement épouvantés que nous reculions au fur et à mesure qu'elle avançait. Elle crachait du sang et pestait :

— Je ne veux plus rêver seule, il faut être libre ! C'est Judith qui l'a dit !

Trop horrifiés pour rester nous avons fui, aidant Robert qui était d'autant plus sous le choc. Nous sommes remontés dans le hall, et soudain, aussi incroyable que ça puisse paraître, le sol se mit à se fissurer sous nos pieds, formant un trou circulaire de plusieurs mètres de diamètre. Des corps cadavériques se hissaient hors de celui-ci en geignant. C'était invraisemblable, atterrant et dantesque. Eddy me prit la main pour me faire réagir. Puis, en passant devant les baies vitrées, nous avons une nouvelle fois constaté qu'en effet, nous n'étions pas les seuls à vivre ici. Il y avait des silhouettes debout dans les jardins, ils étaient environ une dizaine et nous regardaient, nous pouvions entendre leurs chuchotements :

— Endors-toi, repose en paix et fais de beaux, très beaux rêves.

Je me suis approchée des vitres n'en croyant pas mes yeux et alors que j'aurais dû percevoir mon reflet, c'est celui de Judith que je vis. Elle frappa violemment contre la vitre, la brisant en mille éclats de verre. Eddy m'attrapa par le bras et m'entraîna dans la cage d'escaliers. Nous sommes montés au deuxième étage où j'ai réveillé Benjamin et Thérésa. Nous avons contacté la police, réveillé tout le personnel et leur avons demandé de rester près des patients.

La nuit fut longue et angoissante, et lorsque la police arriva, le jour pointait à l'horizon. Ils découvrirent le corps de l'agent de sécurité inanimé dans les jardins, mais aucune trace des silhouettes vues pendant la nuit. Nous leur avons précisé que le gardien Eddy Grossman manquait à l'appel, ce à quoi ils répondirent qu'ils l'avaient trouvé en arrivant, son corps gisant sur les marches de pierre à l'entrée du sanatorium.

C'était la goutte de trop, le maire de Kinglsey, prit immédiatement la décision de fermer le sanatorium. De ce fait, nous avons fait évacuer tout le personnel et tous les patients ont été transférés dans les hôpitaux voisins. Nous n'avons même pas pris le temps de ranger les différents papiers, seuls les dossiers médicaux et les traitements ont été récupérés, le reste nous importait peu.

En ce qui me concerne, j'étais terrifiée, je me sentais vide et je priais pour que tout ne soit qu'un affreux cauchemar. J'avais besoin de tirer un trait sur cette période de ma vie. Lorsque je suis rentrée chez moi, il m'était toujours impossible de fermer un œil sans voir l'un des enfants, ou pire, Judith, me chantant sa berceuse. Je sentais sa présence en moi. Je devenais folle. C'est pour cette raison que j'ai décidé de venir m'installer ici dans ce couvent.

10

— Voilà, Messieurs les inspecteurs, je vous ai tout raconté. Je ne vois pas ce que je peux ajouter de plus.

— Ça ira, Madame Anderton… Ce qui est troublant, c'est de savoir qu'en fait nous avons eu à faire à des fantômes.

— C'est difficile à croire n'est-ce pas ? Mais je peux vous assurer que c'est la vérité inspecteur Wilson ?

— Et je vous crois, je me rappelle avoir lu le nom Brének sur un formulaire d'admission.

— Il semblerait donc que notre enquête soit terminée, pas vrai Gary ?

— Oui Jeff, tu as tout à fait raison…

— Eh bien... à qui donc parlez-vous ?

— Oh ! Bonjour Thérésa, je parlais à ces deux inspecteurs de Kingsley qui enquêtent sur des meurtres au sanatorium.

— Bien, mais il va falloir retourner dans votre chambre à présent.

Elle retourna dans sa chambre sous le regard bienveillant de Thérésa Barker qui partit de son côté. Thérésa entra dans le bâtiment et monta les escaliers jusqu'au premier étage, puis elle entra dans une pièce où un homme se tenait debout devant la fenêtre donnant sur les jardins fleuris.

— Bonjour Thérésa, comment se porte notre patiente aujourd'hui ?

— Je dirais que son état est stable.

— Laissez-moi deviner, dit-il en se tournant vers elle.

— Je vous écoute docteur !

— Elle était médecin dans le sanatorium de Kinglsey, et il y a eu des meurtres causés par un fantôme en colère.

— C'est exactement ça.

— Il n'y a donc aucune évolution de son état.

— J'ai bien peur que non.

— Elle se croit toujours dans un couvent ?

— Oh, que oui !

— C'est la patiente la plus complexe que nous ayons dans cet hôpital psychiatrique.

— Je confirme.

— Comment se passe la thérapie ?

— Toujours la même chose, elle me répète l'histoire sans arrêt, la même histoire tous les jours.

— Et au niveau de son traitement.

— Toujours le même.

— Diminuez un peu les doses, il faut que son esprit se débloque.

— Bien docteur, ce sera effectif dès demain.

— Avec qui parlait-elle ?

— Avec les inspecteurs Wilson et Waltz, comme toujours, avec qui voulez-vous qu'elle parle ?

— Je ne sais pas, j'aurais espéré qu'elle change un peu sa version de l'histoire, ça aurait démontré une certaine évolution.

— Il faut attendre et persévérer, peut-être que nous arriverons à guérir cette pauvre femme.

— Peut-être un jour Thérésa. Bon, je dois m'absenter quelques heures. S'il y a quoi que ce soit vous pouvez me contacter sur mon téléphone.

— Oui, je n'y manquerai pas.

— Bonne après-midi Thérésa.

— Docteur Teller !

— Oui.

— Vous ne croyez pas qu'il peut y avoir une part de vrai dans ce qu'elle raconte, ne serait-ce qu'un petit détail.

— Thérésa, vous êtes une psychologue expérimentée, vous avez certainement fait des recherches sur votre patiente, n'est-ce pas ? Si c'est le cas, alors vous savez tout aussi bien que moi, que le traumatisme crânien qu'elle a eu suite à l'effondrement de sa maison, a lésé une partie de son cerveau. Vous savez aussi que toutes ces personnes sont sorties tout droit de son esprit dérangé : Emily, Kevin, Robbie, Sara, Ambre, Waltz, Wilson et j'en passe. Il n'y a que nous deux qui sommes réels car son esprit a besoin d'un point d'attache dans la réalité. C'est pour cette même raison que l'architecture du sanatorium ressemble exactement à celle de notre hôpital Sainte Héliconis.

— Oui, bien sûr docteur, mais elle me fait de la peine, j'aimerais vraiment pouvoir l'aider.

— Vous êtes jeune, vous verrez des cas bien pires que celui de Judith Héléker. Dites-moi, elle dit toujours s'appeler Hélène Anderton ?

— Oui, malheureusement.

— Hum… Tout espoir n'est pas perdu. Vous réussirez à lui faire entendre raison sur le fait que tout ceci n'est que fantaisie. Soyez patiente.

— Vous avez raison, docteur. Je ne vous retarde pas plus.

Benjamin Teller prit sa sacoche et s'apprêta à sortir de la salle, mais il s'arrêta, regarda Thérésa avec un sourire en coin et lui dit :

— Et le sanatorium de Kingsley, Thérésa, il n'existe pas !

ISBN n° 979-10-92640-00-7
Achevé d'imprimer en Juin 2013

Printed by Amazon Italia Logistica S.r.l.
Torrazza Piemonte (TO), Italy

44968869R00080